살인자의 쇼핑몰 2

새소설
13

살인자의 쇼핑몰 2

강지영 장편소설

자음과모음

차례

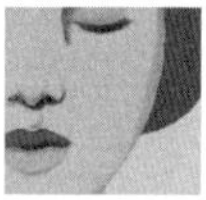

화요일 새벽 4시 7분, 다나가 내 침대에서 죽었다. 부검의에 따르면 사인은 저혈당 쇼크였고, 위에선 소화되지 않은 떡과 당면이 발견되었다. 마지막 식사는 떡볶이였다. 다나는 엄마가 간섭하지 않는 곳에서 떡볶이를 실컷 먹는 게 소원이라고 했다. 그까짓 게 뭐라고.

"떡볶이를 먹는 게 소원이라고?"

나는 침대에 엎드려 배달 앱을 열었다. 초보 맵기에 어묵과 분모자를 추가하고 쿨피스와 김말이까지 주문했다. 다나는 완벽한 채식주의자였고, 점심 식사로 늘 도시락을 싸오곤 했다. 맵거나 달거나 짠 음식 없이 몇 가지의 채소, 견과류 그리고 대두단백질 쉐이크만 먹었다. 그랬던 다나가 고백하듯 말했다.

"사실 나 비건 아니야. 너처럼 비밀이 있지. 삼촌이 살인 청부업자들과 손잡은 무기 밀매상인 것보다야 하찮을지 몰라도, 절대 누설하지 않기로 엄마와 약속했어."

다나는 내가 엎드린 침대로 다가와 머리칼을 쓰다듬었다. 그녀의 작고 부드러운 손이 내 눈썹과 뺨과 턱을 매만졌다.

"무슨 비밀인데?"

다나는 대꾸가 없었다. 군데군데 선홍색 틴트가 벗겨진 그녀의 얇은 입술이 내 이마에 닿았다. 가슬가슬한 피부 각질 아래, 따뜻하고 부드러운 피부가 느껴졌다. 믿었던 남자에게 연달아 배신당한 직후였기 때문일까, 다나의 느닷없는 스킨십이 싫지 않았다. 아무 위협도 되지 않는 이 작고 깡마른 여자가 나를 갈망하는 게 느껴졌다. 우린 친구와 애인 그 어디쯤에 불안정하게 멈춰 있었다.

나는 스르르 눈을 감았다. 바닷가 백사장에 누워 완만하게 밀려오는 파도에 몸을 맡긴 기분이었다. 미지근하게 달아오른 바닷물이 발가락 사이에 낀 젖은 모래를 부드럽게 쓸어내고 정강이와 허벅지, 골반과 가슴까지 다정히 핥는 것만 같았다. 그렇게 누워 있으면 비누처럼 천천히 닳아 바닷물에 섞여들고, 또 누군가의 매끄러운 몸을 핥는 존재가 될지도 몰랐다. 그녀의 입술이 눈두덩에 머물렀다. 젖은 모래가 빨려 나가는 느낌이었다. 이대로 그녀에게 섞여 들고 싶었다.

"아아, 정지안. 배고프다."

다나는 입술에 키스를 하는 대신 내 뺨을 가볍게 깨물었다. 혼자 달아올랐다는 생각에 머쓱하게 웃고 침대에서 일어나 앉았다.

"그래서 비밀이 뭐냐니까."

주저하던 다나가 입을 열었다.

"나 1형 당뇨 환자야. 우리 과 애들한테는 비건이다, 다이어트 중이다 둘러대는데, 사실 주사 없이는 탄수화물을 아예 못 먹어. 인슐린만 맞아도 남들처럼 먹고 살 텐데, 엄마 때문에 글렀지."

다나는 파우치를 열어 인슐린이 든 펜니들을 꺼냈다. 알콜 스왑으로 배꼽 오른쪽 피부를 닦아내고는 펜니들을 찔렀다.

"엄마가 인슐린 못 맞게 해? 너 뼈밖에 없어. 더 먹어야 한다고."

"엄마는 자연치유 신봉자야. 난 예방접종 주사도 맞은 적 없고, 아프면 온갖 식물을 갈아 만든 녹즙을 마시며 컸어. 엄마는 나를 이 꼴로 낳아놓고 화학적 인슐린은 독이니까

맞지 말래. 예전엔 그 말이 진리 같았는데, 이젠 아냐."

그런 사람들이 있다는 소문은 들었지만, 그게 다나의 엄마일 줄은 예상치 못했다.

"너 방금 맞은 거 인슐린 아니야?"

"맞아, 인슐린. 언제까지나 풀만 먹고 살 순 없잖아. 그 여자가 죽을 때까지 기다리기 지쳤어. 오늘은 너랑 떡볶이를 먹을 거고, 시럽 잔뜩 넣은 라테와 치즈케이크도 먹을래."

다나는 한껏 들떠 있었다.

"그러다 엄마한테 들키면 어떻게 되는데?"

내 질문에 다나의 뺨에서 홍조가 가셨다.

"아마 내가 레즈비언인 걸 알았을 때랑 비슷하겠지. 그땐 자연치유 모임 사람들이 들이닥쳐서 한 명씩 설교를 했어. 그중엔 외국인 목사도 있었고, 과학자도 있었고, 조폭과 목사까지 끼어 있었어. 저마다 가지각색인 논리로 나를 설득했지. 사랑을 할 때 나오는 호르몬조차 나한테는 위험하다는 둥, 사탄이 들렸다는 둥. 결국 내가 졌지. 귀에 피딱지가 앉을 거 같았거든. 레즈비언을 포기하겠다고 선언했어. 차라리 거짓말을 하고 내 인생을 살기로 결심한 거지. 난 평범한 게이지, 투사까진 되고 싶지 않았으니까."

떡볶이 배달 완료 알림이 울렸다. 다나는 눈물을 글썽이며 배달 온 음식들을 바라보았다.

"지안아, 나 이거 다 먹을 수 있을까?"

다나가 포장을 뜯으며 물었다.

"걱정 마. 나 킬러야, 떡볶이 킬러."

다나는 전투적으로 떡볶이를 먹어치웠다. 그 앞에서 깨작깨작, 메추리알과 어묵을 건져 먹으며 칼로리와 나트륨양을 계산해야 하는 내 신세가 괴로웠다. 그녀에게는 말하지 않았지만, 나는 복싱 체육관에 다니며 감량 중이었다. 다음 주 계체에서 체중이 오버되면 플라이급을 놓치고 기량 좋은 밴텀급과 맞붙게 될지도 몰랐다. 나을 만하면 새로 생기는 상처와 멍보다 체중 감량이 더 힘들었다.

"어째 나만 먹는 거 같네."

다나가 머쓱한 표정으로 나를 바라봤다. 그녀의 눈빛이, 목소리가, 처진 어깨가 내 식탐의 방아쇠를 대신 당겼다.

"이제 시작인데 무슨 말임?"

타격감 없이 총알이 발사되었다. 맵고 짜고 단 음식이 들어가자 순식간에 몸이 붓는 게 느껴졌다. 쿨피스를 마시고, 튀김을 욱여넣고, 서비스로 온 치즈 볼을 다나 몫까지 가로챘다. 마지막 하나 남은 떡볶이 떡을 반으로 잘라 한 조각씩 나눠 먹고, 국물에 즉석 밥과 참기름, 조미김을 섞어 설거지하듯 비워냈다. 보수적으로 계산해도 3천 칼로리였다. 하루 종일 줄넘기를 해야 떼어낼 수 있는 부기와 글리코겐 생각에 마음이 뒤숭숭했다. 그러다 문득 삼촌의 두루뭉술한 몸이 떠올랐다. 그는 날씬한 몸을 가져 본 적 없지만 어둠의 세계를 거뜬히 제패했다. 판단력과 배짱 그리고 주먹보다 강한 권총 덕분일 터였다. 복싱 배울 시간에 RPG게임이나 실탄 사격을 연습하는 게 더 나은 전략일지 몰랐다. 그렇게 생각하자 긴장이 풀어졌다.

"지안아, 라테에 치케 고고!"

다나의 성난 식욕은 멈추지 않았다.

얘기했다시피 다나는 화요일 새벽 4시 7분에 죽었다. 손목에 찬 애플워치가 다나의 심박이 멎은 순간을 기록했다. 이튿날 나는 그녀의 끔찍한 엄마에게 전화를 걸어 딸의 죽음을 알려야 했다.

장례식장 입구에서 만난 다나의 엄마는 죽은 지 오래된 나무처럼 생기라곤 하나도 없는 중년이었다. 그 명아주 지팡이 같은 여자가 내 뺨을 갈기고, 쉿내가 나는 침을 뱉으며 살인자라고 소리쳤다. 무슨 수를 써서라도 네년을 지옥으로 처박아버리겠다는 악다구니가 뒤통수를 갈겼다. 가장 소름 끼쳤던 건, 자연치유 신봉자라는 다나의 엄마가 사골국처럼 뽀얀 영양제 링거를 팔에 꽂고 있었다는 사실이었다.

그날 이후, 나는 알람 없이도 새벽 4시에 눈을 떴다. 누군가 내 옆에서 긴 숨을 몰아쉬는 것 같은 기척이 느껴지면 어김없이 4시였다. 신경정신과에서 처방받은 수면제를 삼키고 다시 누워도 떠나간 잠은 좀처럼 돌아오지 않았다. 그때부터는 눈을 뜬 채로 꿈을 꾸었다. 쾌청한 해변에 다나와 내가 일광욕을 하고 있었다. 그녀는 아니 에르노의 책을 읽었고, 나는 책 읽는 그녀를 바라보았다.

"안 돼, 정지안. 날 보지 마."

문득 다나가 차갑게 말했다.

"왜 안 되는데? 닳는 것도 아니잖아."

나는 그녀의 옆모습이 좋았다. 작은 코와 얇은 입술이 만든 단조로운 곡선이 마음에 들었다. 죽었으니 꿈에서라도 보겠다는데 왜.

"엄마가 널 가만두지 않을 거야. 수스앱에 가입해서 널 죽일지도 모른다고. 알지? 요즘 푼돈으로도 움직인다는 그 범죄 앱 말야. 네가 나를 볼 때마다 엄마의 분노가 커져가고 있어. 그러니 다시는 날 보지 마. 모르는 남처럼 각자의 바다를 보는 거야. 알아들었지?"

다나의 옆에 그녀의 엄마가 누워 있었다. 주름처럼 굵은 쌍꺼풀 아래 이글거리는 두 개의 눈동자가 나를 노려보았다. 아랫도리가 뭔가에 빨려나가는 느낌이 들었다. 고개를 돌려 바다를 바라보았다. 방금 전까지만 해도 발목 아래서 살랑거리던 파도가 저 멀리 밀려가 거대한 벽처럼 멈춰 서 있었다. 곧 세상을 삼켜버릴 만큼 큰 해일이 밀어닥친단 의미였다. 이제 내 곁엔 다나도 그녀의 엄마도 없었다. 순간, 내가 부를 이름은 하나뿐이었다. 삼촌, 정진만.

"삼촌! 삼촌! 나…… 나……."

삼촌은 언제나 내가 있는 곳을 CCTV로 지켜봤다. 학교, 마트, 도서관, 붐비는 지하철까지. 자취방에 있는 건 치워 없앴지만 내가 찾은 게 전부는 아닐 터였다. 그가 나를 보고 있다면 분명 구하러 와줄 텐데 소식이 없었다. 검은 파도가 나를 향해 맹렬히 달려들었다. 모래 한 알 한 알이 총알이 되어 여린 살을 파고들고, 얼음송곳 같은 바닷물이 내 코와 입을 틀어막았다.

삼촌은 구하러 오지 않았다. 나는 바다 스펀지처럼 구멍이 숭숭 뚫린 채 성난 바다 위를 떠다녔다. 매일 새벽 4시마다.

*

악몽을 꾸고 꽥꽥 소리를 지르며 눈을 떴다. 여전히 삼촌은 나를 구하러 오지 않았다. 정말 모든 CCTV와 도청 장치가 사라진 것일지도 몰랐다. 보호막이 사라졌다는 생각이 들자 갓 태어나 젖은 병아리처럼 불안해졌다. 나는 허겁지겁 휴학계를 냈다. 만료 기간이 석 달 넘게 남은 복싱 학원 수강권도 양도했다. 그리고 밤새 뒤척이다 날이 밝자마자 집으로 돌아갔다.

정원 한편에서 바비큐 그릴을 닦던 삼촌이 나를 흘긋 보고 놀라 손을 멈췄다. 보통은 매월 첫째 주에나 찾아오는 내가 지난주에 이어 연달아 나타났으니 그럴 만도 했다.

"상품 입고되는 날인가 봐? 트럭이 샛길 막아서 간신히 걸어왔어."

삼촌은 지금껏 내가 집을 비우거나 자는 시간에만 은밀히 무기를 입고했으니 내게도 진풍경이었다.

"말도 없이 웬일이야?"

그가 영 내키지 않는단 표정으로 나를 흘깃거렸다. 야자나무가 프린트된 청록색 셔츠에 카고 반바지 차림인 그는 지난주와 같은 복장이었다.

"뭘 웬일이야. 주말이니까 심심해서 왔지. 그나저나 웬만하면 옷 좀 사 입지? 암흑의 무기 브로커가 입기엔 너무 튀는 거 아냐?"

"한 장에 9900원, 두 장 구매하면 한 장이 덤이었어. 그런데 3만 원 이상만 무료 배송이더라고."

삼촌이 기름 더께가 앉은 그릴에 세척제를 분무하며 웅

얼거렸다.

"네 장 사고 여섯 장 무료 배송 받았겠네. 근데 왜 매일 그 옷만 입고 있는 거야? 나머지 옷은 어디 갔는데."

나는 백팩을 벗어 잔디 위에 내려놓고 수도와 연결된 고무호스를 끌고 왔다.

"매일 옷 고르는 데 시간을 낭비할 수는 없잖아. 그래서 요일별로 같은 옷을 입기로 했어. 한 벌이 부족하니까 토요일과 일요일엔 청록색인 거지."

그 말은 매주 같은 요일에 만나는 사람들은 모두 삼촌을 단벌신사로 여길 거란 뜻이었다. 게으른 건지 효율적인 건지 분간할 수 없었다. 삼촌이 뻣뻣한 솔로 그릴을 문지르자 누런 거품이 일었다. 그가 눈을 내리깔고 턱짓을 했다. 수도꼭지를 틀어 그릴에 물을 흘려보냈다.

"요즘은 나 감시 안 하나 봐?"

새벽 4시면 어김없이 악몽에 시달리는 나를 보았을 텐데 삼촌이 아무 반응도 하지 않았다는 게 내내 의아했기 때문이었다.

"마지막 카메라는 선인장 화분 물받이에 있었어. 그런데 네가 말려 죽인 다음에 버렸잖아. 심지어 쓰레기봉투에 넣어 제대로 버린 것도 아니고, 옥상에 유기했더라? 정지안, 책임감이란 게 없는 거야?"

우연히 버렸을 뿐 역시 카메라는 남아 있었다. 내 방이 아닌 옥상에.

"그 얘긴 됐다, 됐어. 근데 오늘 나 모르는 깜짝 이벤트 있는 거 아니지?"

나는 정원을 둘러보며 말했다. 바비큐를 해 먹은 건 작년 여름이었다. 쇼핑몰이 초토화된 그날, 정민의 시신을 치운 뒤 삼촌은 사건 해결에 일조한 킬러들에게 토마호크를 구워 먹였다. 무럭무럭 피어나는 숯 연기를 얼굴로 받아낸 삼촌은 눈에 눈물이 그렁했다. 경찰 윤호였던가, 아니면 브라더였던가. 누군가 괜찮으냐고 물었다. 그러자 삼촌이 '노여움과 분노는 매운 연기라 결국 혼자 울게 되어 있어'라고 말해 여기저기서 웃음이 터졌던 게 생각났다.

총알과 폭약, 피와 살점이 밟히는 정원에서 킬러들은 포장마차에 둘러선 학생들처럼 고기를 씹었다. 암살자인 레드코드, 스파이인 퍼플코드 그리고 증거를 인멸하고 의료 서비스를 제공하는 옐로코드가 둘러서서 서로의 안부를 묻고 오르는 물가를 걱정하고, 연예계 가십을 떠들었다. 식사가 끝난 뒤 옐로코드는 정원을 깨끗이 갈아엎고 새 잔디를 심었다. 이제 겨우 봐줄 만하게 돌아온 정원이 다시 피로 물드는 건 아닐까 걱정이 됐다.

"이벤트가 있긴 해. 오늘 서면 파이어플라이가 입고되는 날이거든."

"그게 뭔데? 신형 권총이야?"

삼촌이 이벤트라고 힘주어 말할 정도면 권총보다는 강한 무기일 터였다.

"내 오랜 로망이었던 전차야. 재판매할 생각은 없어. 소장용이지. 거침없이 달려온 내게 주는 선물."

브라더가 CCTV로 나를 발견했는지 슬리퍼를 끌며 현관에서 걸어 나왔다. 그는 무알콜 맥주 캔을 따 건넸다.

"삼촌을 누가 말립니까. 고물 탱크 값으로 자그마치 다섯 장이나 태웠다니까요."

브라더의 말에 삼촌이 아랫입술을 지그시 깨물었다.

"마, 유언비어 퍼트릴래? 정확하게는 폐쇄기 고장 나서 네 장 반만 줬고, 포탑이나 궤도가 당장 운용할 수 있을 정도로 최상급이란 말야. 잘 알지도 못하면서 계속 눈탱이 맞았다고 쫑알대고 있어."

삼촌의 얼굴이 이마에서부터 그러데이션으로 붉어졌다. 그들이 말하는 한 장이 백만 원이나 천만 원을 의미하는 것은 아닐 터였다.

"좋아, 좋다고. 삼촌이 성공한 덕후라는데 조카가 축하해줘야지. 근데 말야, 우리 지난달 매출이 10만 원이 안 된다는 건 알고 있지? 그것도 무기 렌털이나 인력 중개수수료는 빵 원이고, 고무장화랑 유해 조수 퇴치기 매출인데 삼촌은 위기감 안 느껴?"

삼촌의 작고 통통한 입술이 할 말을 찾지 못해 조금 벙긋거리다 닫혔다.

"지안 씨 말이 맞아요. 바빌론 놈들이 지금 턱밑까지 치고 올라왔다고 몇 번을 말씀드립니까."

복장이 터지긴 마찬가지인지, 브라더도 입이 댓 발 나온 채였다.

취미 생활에 본업을 놓아버릴 순 없었다. 우리에겐 영원한 맞수이자 원수인 바빌론이 있었다. 글로벌 범죄 조직인 그들은 다크웹과 딥웹에서는 이미 제왕의 자리를 차지했다. 청부 살인, 성매매, 마약과 장기 매매 그리고 고가의 멤버십 결제를 거쳐야 볼 수 있는 고문과 살인 라이브 영상 등이 주요 매출처였다.

하지만 그들이 깊이 파고들지 못한 분야도 있었다. 바로 무기와 고급 인력 파견이었다. 권총이나 암살용 소총, 나이프 정도는 취급했지만 삼촌이 운영하는 머더헬프처럼 종류가 다양하지 못했고, 킬러도 있었으나 돈 앞에선 의리를 굽히는 삼류였다. 무엇보다 사용자 편의에 맞춰 무기를 개조하고 전략과 전술 코칭을 해줄 만한 마스터가 없었다. 아시아에서는 오직 머더헬프만이 정진만이라는 독보적인

장점을 갖고 있었다. 그럼에도 바빌론은 한국을 거점으로 아시아 진출을 본격화하는 중이었다.

브라더에 따르면 놈들은 최근 한국인 전용 범죄 앱을 제작해 암암리에 유포하는 중이었다. 이름하여 수스앱. 의문스럽다는 의미의 'Suspicious'에서 따온 수스앱은 마치 당근마켓처럼 같은 지역 내에 사는 범죄 교사자와 범죄 실행자를 메신저로 연결했다.

수스앱 사용법은 이렇다. 예를 들면 회사원 A씨가 사활이 걸린 프로젝트를 성공적으로 끝내고도 팀장에게 공로를 빼앗겼다고 치자. 그 탓에 진급이 누락되었고, 홧김에 사표를 냈는데 누구도 만류하지 않아 실업자가 되었다. 소심하지만 집착이 강한 A씨는 팀장에게 앙심을 품었다. 전 직장 근처를 매일 배회하고, 팀장의 집과 동선을 추적하길 몇 달. 하지만 차마 직접 복수할 용기는 나지 않았다. 전과자가 되기라도 하면 재취업은커녕 동종 업계에서 매장당할 것이 뻔한 탓이었다.

그러던 어느 날 A씨는 게임에서는 막역하지만 실제로 만나본 적은 없는 B씨에게 신세 한탄을 늘어놓았다. B씨는 반드시 비밀을 지켜야 한다는 당부와 함께 디스코드로 초대 링크를 보내줬다. 별 기대 없이 링크를 타고 들어간 A씨의 핸드폰에는 SUS라는 이름의 앱이 자동으로 설치되었다. 이때 A씨의 핸드폰에 든 모든 정보는 바빌론에게 전송되지만, 전문가가 아니라면 그걸 인지하기는 어렵다. 영문으로 나열된 약정을 대각선으로 대충 훑고 동의를 누른 A씨. 곧이어 핸드폰 화면은 그가 살고 있는 지역의 구인구직 게시판으로 페이지가 옮겨졌다. 잠시 후 A씨는 이 평범해 보이는 지역 커뮤니티의 게시물이 예사롭지 않다는 걸 직감했다.

아름드리 아파트 101동 지하 주차장 추돌 사고 목격자 해주실 분(블박 없음)

예정중학교 학폭 사건 양아치 참교육 도와주실 분

딥페이크 영상 제작 능숙한 아티스트 구함

가정집 소형 몰카 설치 가능한 여성 검침원 모십니다

교통사고 보험금 나누실 분 급급구

자살 조력자 초급구

놀라움도 잠시, A씨는 게시물 하나하나를 면밀히 검토했다. 범죄 교사를 위해서는 수스앱에 접속해 자신의 전자지갑 잔액을 인증해야 했다. 신원을 밝힐 필요는 없다. 복수를 위해 꼭 필요한 건 자금력뿐이었다. 뭐, 이미 바빌론은 A씨의 가족과 친구 등의 연락처와 계좌와 공인인증서

비밀번호까지 깨끗이 털어먹었지만.

전자지갑 잔액이 충분하다는 걸 인증한 교사자는 앱에 게시물을 작성해 사례금과 범행 강도를 제시한다. 자동차에 액젓을 붓거나 CCTV 사각지대에서 명치를 가격하는 정도는 50만 원 선에서 해결된다. 하지만 반드시 피를 봐야 한다면 금액은 천정부지로 치솟는다. A씨는 자신이 꿈꾸던 복수 방법 하나를 떠올렸다. 직장 상사가 가장 애지중지하는 작은 생명 하나를 해치고 싶었다. 상사는 미혼에 처자식이 없었다. 그러나 팔뚝에 문신까지 새길 정도로 아끼는 반려동물은 있었다. 회색 슈나우저에 이름은 울버린이었다. 그는 매일 저녁 8시에 탄천에서 산책을 했다. A씨 자신이 직접 실행할 용기는 나지 않지만, 누군가 대신 처리해준다면 비용을 지불할 용의는 있었다.

A씨는 교사자 인증을 시작했다. 그러고는 '강아지 사고사로 처리해주실 분'이라는 제목의 글을 작성했다. 곧이어 넝마주이라는 닉네임이 300만 원에 입찰했다. A씨는 실행자의 프로필을 확인했다. 소동물 살해 분야에서 성공 확률이 92퍼센트였다. A씨는 조금 찌질하다 느끼면서도 넝마주이에게 20만원 네고를 요청했다. 13시간 후 그의 게시물 말머리가 '거래완료'로 바뀌었다.

"삼촌, 우린 전쟁놀이가 아니라 전쟁을 해야 할 때야. 바빌론 놈들이 스멀스멀 기어 들어와서 동네 상권까지 침범하고 있잖아."

손 놓고 있다가 다나 엄마가 수스에 가입해 나까지 죽게 생겼단 말을 차마 할 수 없었다. 내 목숨이 아니더라도 수스는 매우 공격적으로 인간 생태를 해치고 있었다. 모체인 바빌론은 범죄를 중개하고 수수료를 얻는 것 외에도 각종 서비스를 판매했다. 그들은 거점 지역마다 편의점으로 위장한 서비스센터를 운영했다. 마치 사이렌오더처럼 편의점에 도착하기 전 원하는 메뉴를 선택해 결제를 해두면 도착하자마자 대화 없이 서비스를 받을 수 있었다. 얼굴이나 번호판에 뿌리면 동영상 식별이 불가능한 스프레이, 이정재, 현영, 이병헌, 수빙수, 심지어 최불암처럼 목소리에 특색이 있는 연예인의 목소리로 위변조 가능한 일회용 앱, 알리바이 대행 등이 브라더가 알아낸 서비스였다. 그중 우리를 가장 긴장하게 한 건 놈들이 마약 농축액과 식별번호를 지운 권총이나 나이프까지 헐값에 렌털한다는 사실이었다. 레드코드의 킬러들 중에서도 바빌론과 거래를 시작한 이들이 몇 명 포착되기도 했다.

"다들 성급하게 굴지 마."

삼촌이 다시 그릴에 솔질을 하며 말했다.

"형님, 우리가 아무 액션도 안 보이니까 레드코드의 신뢰가 무너지고 있잖아요. 바빌론 아시아 지부장 찾아가서 목 따는 시늉이라도 해야, 정진만이 아직 살아 있구나 하죠."

브라더가 목에 핏대를 세웠다. 나도 그와 같은 생각이었다. 우리가 손 놓고 있는 사이 거래처가 줄어들고, 돈에 양심을 파는 사람들이 늘어갔다.

"지부장이 어디 사는지 모르는데 그게 되냐. 그리고 이런 장사는 아무나 하는 게 아냐. 지금처럼 막무가내로 이것저것 팔고, 어린애들 손에 피 묻히는 짓은 오래 못 해. 개도 똥만 먹고 살 수는 없으니까. 놈들도 곧 깨닫고 철수할 거야."

삼촌의 말에 졌다는 듯 구부정하게 두 무릎에 손을 짚은 브라더가 고개를 저었다.

"그럼 이런 장사는 누가 하는데? 누가 해야 돈 벌고 누가 해야 신용을 쌓는지 삼촌은 잘 알겠네?"

세계지도에서 손톱의 반만 한 대한민국 구멍가게 주인의 허세치곤 너무 과했다.

"세상엔 세 가지 부류의 사람이 있어. 타인을 믿는 사람, 믿는 척하며 믿지 않는 사람, 인간 따위 절대 안 믿는다고 큰소리치는 사람. 난 어느 쪽이냐고 묻고 싶지? 그야 셋 모두에 해당되지. 나를 믿는 척하며 믿지 않는 사람을 믿으면서, 인간 따위 절대 믿지 않는다고 얘기하거든. 바빌론은 어디에도 속하지 않아. 믿지 않고, 믿는 척하지도 않고, 그걸 드러내지도 않는 족속들이지. 셀프로 좆망할 거야."

삼촌은 괴상한 논리를 펼쳤다. 그는 뒤뚱거리며 수도꼭지를 틀고 고무호스 끝을 눌러 기름때를 흘려보냈다. 그를 반응하게 만드는 일에는 제2차 세계대전에서 활약한 고물 전차만 있는 건 아니었다. 내 휴학 소식을 듣는다면 고무호스의 끝이 그릴이 아닌 나를 향할 터였다. 만날 때마다 하던, 무슨 일이 있더라도 대학은 졸업해야 쇼핑몰 경영에 참여시키겠다는 당부를 내가 배신했으니까.

"듣기 싫어할 게 분명하지만 나 할 얘기가 있어."

배신을 고백할 때였다. 마른 행주를 집어 그릴을 닦던 삼촌이 초점 없는 눈으로 나를 바라봤다.

"오래 고민해봤는데……."

"오라이!"

삼촌이 내 말을 끊고 고함쳤다.

"오라이? 얘기하란 거야, 말란 거야?"

삼촌은 질문에 답을 하지 않고 성큼성큼 걸어 내 곁을 지나쳤다. 그는 굵은 팔을 휘저으며 줄곧 오라이, 오라이라고 소리쳤다. 돌아보니 열린 대문 밖으로 다마스 한 대가 보였다. 내 말은 듣고 있지도 않은 거였다.

"진입로가 이렇게 좁아서 어떻게들 차를 댄대요?"

흰색 다마스 운전석에서 팔토시를 한 오십 대 후반의 남자가 내렸다.

"우리 사장님, 장사 크게 하시나 보다. 창고가 공설운동장 같네."

복장만 놓고 본다면 자전거 라이더 같은 모습이었다. 그가 뒷문을 열고 적재함에서 다복떡집이라 적힌 상자를 꺼내 삼촌에게 건넸다. 그러고는 운두가 한 아름은 되는 검은 비닐 씌운 대야를 들어올렸다.

"기별도 없이 그냥 오시면 어떡해요. 아, 하필……."

내가 있을 때 오면 안 되는 사람이 온 것처럼 삼촌의 말투에 짜증이 배었다. 낯가림이 심한 그가 남자의 눈빛을 피하며 앞장섰다.

"저희 가게 개업하고 첫 손님이라 특별히 신경 썼습니다. 호박고지 넉넉하게 넣었어요. 달달해서 꿀떡꿀떡 넘어가실 겁니다."

남자는 떡집 사장인 것 같았다. 그가 대문을 지나 정원을 걸으며 이리저리 눈을 굴렸다.

"오늘 좋은 날이신가 봐요?"

유난히 손님과 말 섞기를 좋아하는 사장들이 있다. 남자는 대야를 현관 앞 디딤돌 위에 내려놓고 호주머니에서 전자 담배를 꺼냈다. 삼촌의 표정이 어두워졌다.

“저희 집은 금연 구역인데요.”

남에게 싫은 소리 할 줄 모르는 삼촌을 대신해 내가 말했다.

“아, 이거 담배 아니에요. 니코틴 없이 글리세린 채워서 폼만 내는 겁니다. 끊은 지 10년이 넘었는데 아직도 손과 입이 심심하거든요.”

볼일이 끝났으니 이만 돌아가주면 좋으련만, 남자는 느리게 걸어 창고 쪽을 슬며시 엿봤다. 삼촌이 새 창고를 한 동 더 짓는 바람에 어쩔 수 없이 들여놓은 소형 굴삭기와 샌드위치 패널, 삽과 해머, 공구가 잔뜩 든 앞치마가 널브러져 있었다.

“진입로 초입에 추레라 한 대가 못 들어오고 있던데, 좀 도와드릴까요? 여기로 오는 거 같던데.”

남자가 달콤한 꽃 향의 수증기를 길게 뱉으며 삼촌을 돌아보았다.

“제가 알아서 하겠습니다. 떡이랑 돼지머리 값은 계좌이체 해드렸어요.”

삼촌이 정색을 하고 대문을 열어 보였다.

“추레라가 길을 막고 있어서 나가고 싶어도 못 갑니다. 수하물이 너무 무거워서 중심이 틀어지는 바람에 윙 바디 한쪽이 빠개졌더라니까요. 렉카 차 명함 주려고 운전수한테 말을 걸었는데, 그 친구 북한 말인지 조선족 사투리인지 말투가 야릇합디다."

운전수는 잉잉이었다. 조선족 룸메이트에게 한국말을 배웠으니 국적을 의심받을 만도 했다. 그나저나 윙 바디 한쪽이 빠개졌다면 안에 든 전차가 노출되었다는 의미인데, 괜찮을까. 시내의 작은 떡집 사장에 불과한 중년 남자의 눈빛이 마치 숙련된 킬러처럼 노련하게 보인 건 착각일까.

"제가 곧 해결할 테니, 사장님은 잠시 안에 들어가 계세요."

삼촌은 꿍꿍이가 있는 건지, 아니면 전혀 감조차 잡지 못하고 진짜 손님 대접을 하는 건지 헷갈리게 굴었다. 삼촌은 낯선 사람이라면 그게 누구든 경계해야 한다고 가르쳤다. 우리의 정체가 드러나는 건 서로에게 불행이었다. 사람을 죽이는 데 필요한 물건을 사고팔고, 때론 방법까지 전수해주는 악의 축이 우리의 실체니까.

"그럼 실례 좀 하겠습니다."

남자가 현관문을 열고 집 안으로 들어갔다. 이번에도 나를 따돌리고 엉큼한 작전을 펼치는 게 아닌지 의심스러웠다. 혼 빠진 어린애처럼 당하느니 이번엔 내가 뒤통수를 쳐보고 싶었다.

"내가 안에서 대접할게. 삼촌은 볼일 봐."

"야, 야! 정지안. 너 갑자기 왜 이래?"

삼촌이 예상 못 한 경우의 수가 속출하고 있을 터였다. 나는 남자를 따라 집으로 들어간 뒤 문을 잠그고 삼촌에게 문자 메시지를 보냈다.

'또 나 몰래 꿍꿍이 있는 거지?'

곧바로 답장이 왔다.

'그런 거 아냐. 너 문 잠갔냐?'

'진짜 아니라고? 그럼 더 심각하네. 방심하다 아저씨가 창고라도 열어보면 어쩌려고 그랬어? 어느 쇼핑몰 창고에 휴대용 대공미사일이 있겠냐고. 설마 장난감이라고 둘러댈 생각인 거야? 그게 통할 거라고 생각해? 어? 어?'

삼촌은 메시지를 읽었지만 답장은 하지 않았다.

"밖에서 보는 것보다 아늑하네요."

남자는 내 허락 없이 소파 상석에 앉았다. 목소리는 태평했지만 그는 예리한 시선으로 집 안 곳곳을 훑어대는 중이었다.

"그쵸? 겉보기랑 참 달라요, 우리 집."

나는 부엌에 들어갔다. 냉장고를 열었지만 늘 그렇듯 포장 뜯긴 냉동 피자와 제로 콜라, 오래되어 누렇게 변한 치킨 무 따위뿐이었다.

"이렇게 먹고 사니까 살이 안 쪄? 나중에 누굴 고생시키려고."

나는 포트에 물을 올리고 믹스 커피를 집어 들었다. 집 안 곳곳엔 반사경이 붙어 있었다. 거울 보는 사람도 없는 집에 유난히 거울이 많다는 걸 눈치챈 것도, 그 쓸모를 알아낸 것도 삼촌의 정체가 밝혀진 뒤였다.

나는 수납장 위에 놓인 탁상 거울로 남자를 훔쳐보았다. 그가 소파 앞에 놓인 테이블 서랍을 열었다. 내가 아는 한 서랍장 안엔 염려할 만한 물건이 없었다. 집 안 모든 물건들은 위급 시 무기로 개조할 수 있었다. 숟가락, 젓가락, 티스푼은 자루를 제거하면 송곳처럼 날카로운 무기가 된다. 유리나 거울을 깨면 특수 가공한 칼이 떨어지고, 소파 장식은 컴파운드 보우였다. 창가에서 다섯 번째 줄의 강화마루를 강하게 누르면 글록 한 정과 탄창이, TV 옆 리모컨을 누르면 크롬캐스트에서 수면 가스가 나왔다. 하지만 서랍이나 금고, 액자 뒤처럼 수상쩍어 보이는 공간은 비워두는 게 삼촌의 습관이었다.

나는 불안을 내려놓고 커피 잔에 믹스 커피를 쏟은 뒤 뜨거운 물을 부어 쟁반에 받쳤다. 거실로 나가자 남자가 엉덩이를 반쯤 일으켜 커피를 받았다.

"커피네요?"

원두커피가 아니라 실망이라는 뜻일까. 남자의 얼굴에

낭패감이 스쳤다.

"괜찮다면 전 시원한 물로 주세요. 커피만 마시면 심장이 벌렁거리고 잠이 안 와서."

타기 전에 말할 것이지. 나는 찬물을 가지러 다시 부엌으로 들어갔다. 깨끗한 잔이 없어 얼른 커피 잔 하나를 씻어내고 생수를 따라 거실로 나갔다.

"감사합니다."

그가 반가운 듯 물 잔을 받아 꿀떡꿀떡 삼켰다. 나는 맞은편 자리에 앉아 남자가 거절한 커피를 마셨다.

"물맛 좋네. 약수 받아 드시나 보다. 달달한 것도 젊어서나 먹는 거예요."

남자가 객소리를 하며 이리저리 눈을 굴렸다. 나는 그의 눈치를 살피며 한소끔 식은 커피를 홀홀 삼켰다.

"볼일 보세요. 전 폰 하면 돼요."

남자가 암 밴드에서 핸드폰을 꺼냈다. 그와 동시에 긴 진동 소리와 함께 '매칭 완료'라는 알림음이 났다. 숨을 훅 들이마신 탓에 목구멍으로 넘어가려던 커피가 기도로 넘어갔다. 사레가 들려 기침을 하면서 뭔가 잘못되었다는 걸 깨달았다. 매칭 완료라는 알림음은 수스에서 교사자가 실행자를 고용하고 거래를 확정할 때 나는 소리였다. 최소 범죄 실행자이거나 최대 바빌론에서 파견한 킬러일지 몰랐다. 남자의 표정은 온화했지만, 그의 손길은 다급했다. 핸드폰 전원 버튼을 누르고는 자리에서 일어섰다.

"안 되겠다, 내가 나가서 거들어야지. 저녁 장사도 해야 하는데 미적거리면 안 되지. 저 그럼 가볼게요."

집 안 곳곳엔 CCTV가 있다. 꼼꼼한 브라더가 이 장면을 놓칠 리 없었다. 손바닥 안에서 메시지 진동음이 느껴졌다. 그걸 확인하는 사이 남자가 나를 공격하거나 도망칠지도 몰랐다. 나는 전설의 사나이 정진만의 조카다. 호락호락하게 당하지 않는다.

"매칭이 됐으니 저녁에 바쁘시겠어요?"

나는 천천히 소파에서 일어서 크롬캐스트 리모컨을 집어 들었다. 그러고는 전원 버튼을 길게 눌렀다.

"옌장, 아까 들었나 보네. 저기, 그게 뭐냐면……."

콤팩트처럼 생긴 크롬캐스트가 튕기듯 열리며 거실에 젖빛 안개가 퍼져갔다. 남자가 뭔가 더 이야기를 하려다 다리가 풀려 고꾸라졌다.

'뭐긴 뭐야, 네가 쓰레기 범죄자란 뜻이지'라고 말하고 싶었지만 어쩐지 눈이 침침하고 귀가 먹먹했다. 분명 서 있다고 생각했는데 오른쪽 뺨이 바닥에 부딪혔다. 통증조차 느끼지 못한 채 나는 깊은 잠에 빠졌다. 아차, 나도 방독면을 안 썼구나.

*

눈꺼풀 위로 빛이 아른거렸다. 눈을 뜨면 화창한 해변이 나올까 두려웠다. 파도 소리는 들리지 않았다. 끔찍한 악몽은 늘 이런 식으로 나를 속였다. 철컹철컹, 기차 소리에 눈을 뜨면 해변이었고 딩딩딩, 알람 소리에 눈을 떠도 새벽 4시의 해변이곤 했다.

"깼네, 눈꺼풀 움찔거리잖아. 눈 떠봐!"

삼촌의 목소리였다. 그러고 보니 나는 수면 가스를 흡입하고 고꾸라졌었다. 낮에 그 일을 당했으니 새벽 4시일 가능성은 낮았다. 슬몃 눈을 뜨자 익숙한 벽지가 눈에 들어왔다. 삼촌의 방 간이침대였다. 넘어질 때 부딪힌 오른쪽 광대와 턱이 얼얼했다.

"정지안, 왜 메시지 확인도 안 하고 엉뚱한 짓을 했어?"

삼촌이 늑대 프린트 커버로 감싼 얼음주머니를 건넸다.

"그럴 만했으니까. 떡집 사장, 수스 이용자였어. 바빌론이 보낸 킬러겠지. 눈치 못 챘지?"

얼음주머니를 얼굴에 대자 찰과상이 뜨끔거렸다.

"너 내가 그렇게 허술한 거 같냐?"

삼촌이 노트북을 내 앞에 들이댔다. 군복 차림의 남자 증명사진과 김미남이라는 이름, 그 밖의 인적 사항이 보였다. 때마침 브라더가 방으로 들어와 내 옆에 걸터앉았다.

"이 사람이 누군데 나한테 보여줘? 유명인이야?"

"잘 봐, 떡집 사장이야. 나도 이 자가 수상했어. 떡만 내려놓고 갈 줄 알았는데 슬며시 창고 쪽을 살폈으니까. 게다가 들고 다니는 전자 담배는 시중에 유통되지 않는 모델이었지. 현관문을 직접 열게 놔둔 건 생체 정보를 얻기 위해서였어."

우리 집 현관문은 마치 방아쇠처럼 손잡이 위에 문고리가 달렸다. 그걸 눌러야 문이 열리는 구조를 이용해 지문으로 신원을 파악한 거였다.

"왜 이렇게 나이브해? 군인이라서 킬러가 아니란 얘기야? 그 사람 폰에서 수스앱 매칭 완료 알림음이 났다고."

군인이니까 더 살인에 능할 수도 있었다. 머더헬프 레드코드 중에는 성직자, 난민, 노숙자도 섞여 있었다.

"지안 씨, 떡집 사장이 쓰는 앱은 수스가 아니라 돌싱 미팅 앱이었어요. 바빌론 새끼들 돈도 많으면서 미팅 앱 알림 음원을 고대로 베껴 쓸 줄이야."

브라더가 떡집 사장의 핸드폰을 내게 건넸다. 전원 버튼을 누르자 그의 말대로 청실홍실이라는 미팅 앱에서 보낸 매칭 완료 메시지가 보였다. 만약 미남이 평범한 떡집 사장이라면 나는 돌이킬 수 없는 실수를 해버렸다. 잠에서 깨어난 그가 경찰서로 찾아간다면, 그곳에서 우리 멤버인 윤호가 아닌 다른 경찰에게 신고를 한다면, 쇼핑몰은 또다시 궁지에 몰릴 터였다.

"삼촌, 지금 그 사람 깨어났어? 어딨어? 내가 이해시켜 볼게."

내가 얼음주머니를 던지고 일어섰다. 삼촌은 양손을 깍지 껴 자신의 뒤통수를 스트레칭하듯 받치더니 생각에 잠겼다.

"지안 씨, 더 심각한 문제가 생겼어요."

브라더 역시 근심 어린 표정으로 나를 바라봤다.

"수면 가스보다 심각한 문제가 있다고요?"

방범용으로 달아놓은 후추 스프레이였다고 변명을 해보면 어떨까 했지만 쉽게 속여 넘기긴 어려울 터였다. 그런데 그보다 심각한 문제라면.

"저 사람, 우리가 간첩인 줄 안다는 거지."

"뭐? 간첩?"

삼촌이 다시 노트북을 열고 CCTV 화면 하나를 띄웠다. 영상 속에서 그는 창고 안, 강화유리 돔에 갇혀 있었다. 삼촌의 덕질 굿즈를 보관하려고 특수 제작한 보관함일 터였다. 미남은 CCTV를 향해 무어라 고함을 쳤다.

"스피커 볼륨 올려봐. 뭐라 그러는지 듣게."

삼촌이 볼륨을 올리자 미남의 쩌렁쩌렁한 목소리가 날카로운 이명처럼 귀를 파고들었다.

"니들 나 김미남이 누군지 알고 접근한 거지? 그래, 나 대한민국 기무사 출신 맞아. 니들 기대처럼 절대 호락호락하지 않지. 아가리를 찢어도 나는 공산당이 싫은 놈이야. 니들 오늘 임자 만난 줄 알아, 이 씨방새들아!"

독기가 잔뜩 오른 미남이 짐승처럼 울부짖었다.

"무슨 지랄염병을 떨어도 나는 오늘 16시까지 버티면 살아 나간다. 왠 줄 아니? 니들 드럽게 궁금하지? 알고 싶으면 아까 그 하급 병사 계집애 말고 좌관급 장교 나와. 대가리 나오란 말야!"

삼촌이 스피커를 껐다. 그의 관자놀이가 툭툭 튀는 게 보였다.

"형님, 저 애긴 구라 같지 않은데 우리가 만나 봐야 하지 않겠어요?"

브라더의 목소리에 근심이 어렸다. 내가 알기로 삼촌과 브라더는 미필이었다. 그들이 상대해야 할 기무사 출신의 중년 남자는 킬러들과는 결이 다른 강골인데다 자신이 믿는 결과가 나올 때까지 의심을 멈추지 않는 타입으로 보였다.

"다들 저 사람 주장을 믿는 거예요? 지안이 너까지?"

갑작스레 들려온 민혜의 목소리가 정적을 깼다. 그녀가 방문을 열고 걸어 들어와 한심하단 표정으로 우리를 내려다봤다. 여전히 무테 안경을 쓴 그녀가 손목에 감아두었던 스크런치로 머리를 묶었다. 브라더가 환하게 웃으며 민혜를 포옹하려 했지만, 그녀는 날렵하게 몸을 돌려 침대 발치에 앉았다.

"누나, 나 섭섭하려고 해요. 1년이나 잠수 타놓고, 외면하기예요?"

"너 머리 안 감았잖아. 냄새 나. 어쩜 하나도 변한 게 없니, 다들."

민혜가 '다들'이라 말하며 삼촌을 바라봤다.

"왜 돌아왔어?"

삼촌은 포커페이스에 능한 사람이었지만, 어쩐지 화가 나 보였다. 둘 사이가 멀어진 데에는 내가 알면 껄끄러운 모종의 이유가 있을 터였다.

"내 물건 가지러 왔어요. 맡겨둔 거 많잖아요."

삼촌은 민혜가 수면에서 가라앉은 1년 동안, 나름의 방황을 했다. 전투적으로 피자를 먹고 마라탕에 영혼을 기대며 냉채족발에 눈물을 흘렸다. 두 사람이 그 정도로 막역한 사이인 줄 몰랐던 나는 마냥 신기하기만 했다. 그런데 정작 민혜와 재회한 삼촌은 수도승처럼 초연했다. 왜 그녀가 종적을 감췄는지는 아무도 몰랐다. 그리고 불현듯 돌아온 이유도 짐작할 수 없었다.

"다마스에 다복떡집이라고 적혀 있던데, 알아보니 그 가게는 4년 전 폐업했어요. 배달 앱에서만 검색되고 후기는 단 한 개도 없죠. 반공정신이 투철한 전직 군인이 시골길 트럭 안에서 탱크를 봤다면 분명 신고했을 거예요. 떡값보다 간첩 신고 포상금이 더 달달하지 않겠어요?"

민혜는 짐을 꾸리는 대신 탁상공론에 입을 보탰다. 우리와 달리 침착하게 정보를 수집하고 미남의 행동에서 합리적이지 않은 구간을 짚어냈다.

"언니, 그럼 저 아저씨 진짜 킬러일 수도 있다는 거죠?"

수면 가스를 동원한 내 선택이 옳았을지도 몰랐다. 삼촌이 무릎 위에 팔꿈치를 대고 뭔가 골몰했다.

"브라더, 너는 김미남 핸드폰 포렌식 해봐. 통화 내역, 접속 기록, 검색 기록, 로그인 기록 그리고 설치된 파일 전부 출처 확인해."

마침내 삼촌이 입을 열었다. 그는 민숭한 머리를 손바닥으로 문지르곤 의자에서 일어섰다.

"냉동실에 하겐다즈 있어. 민혜랑 지안이는 그거 먹으면서 놀든지…… 가든지 하고. 난 4시에 무슨 이벤트가 있는지 취조하러 가볼게."

그는 마음에서 멀어진 민혜와 아직 애송이에 불과한 나를 쇼핑몰 운영에서 배제할 꿍꿍이였다. 하지만 바빌론에게 킬러와 고객 들을 빼앗기고, 목숨마저 위협받는 상황에서 언제까지 여유를 부릴 수 있을까.

"왜 난 안 돼? 삼촌은 언제 죽을지 모르잖아."

내 말에 방을 나서려 했던 삼촌이 걸음을 멈췄다. 그가 성난 얼굴로 나를 돌아보았다. 나 역시 져줄 생각은 없었다. 침대를 박차고 일어나 삼촌 앞에 섰다.

"나 아니었으면 김미남한테 암살당했을 수도 있었어."

"그 사람이 킬러라는 증거는 아직 없어. 운영자인 내가 해결할 일이야."

얼마나 문손잡이를 세게 잡았는지 삼촌의 손이 하얗게 질렸다.

"그래? 증거를 잡아 해결하면 내가 운영자 해도 되겠네?"

다나가 죽고 휴학을 선택하며 나는 결심했다. 사랑 따위 없는 세상에서 살겠노라. 평범한 사람들과 섞이지 않고 뜨거운 심장 없이도 할 수 있는 일은 삼촌의 쇼핑몰밖에 없었다. 삼촌이 이룬 거대한 비밀 안에 내 작은 비밀을 수몰시킨 뒤 냉랭한 표정으로 살기로 했다.

"잘 들어, 정지안. 바빌론 앞에 네가 알짱거리면 우린 끝이야. 난 어쩔 수 없이 쇼핑몰과 네 목숨을 바꿔야겠지. 그 다음은 어떻게 될 거 같아? 놈들이 우리의 행복을 빌어주기라도 할 것 같아? 운이 좋으면 관자놀이에 총알이 박혀 서해 갯벌 깊숙이 묻히겠지. 운이 나쁘면 인육 거래상에서 부위별로 잘라 변태 새끼들에게 팔려나갈 테고. 정진만 수육이나 정지안 육회 말이지."

삼촌이 침을 튀겨가며 나를 겁박했다. 하지만 나도 굽히기 싫었다.

"삼촌이 무기 밀매상이 아니라 편의점 주인이었거나 버스 운전기사였으면 나도 평범한 대학생으로 살아갔겠지. 근데 삼촌처럼 내 피도 끓는다고. 죽은 뒤에 통조림을 만들든 돼지 먹이로 던져지든 상관없어. 김미남이 바빌론의 킬러라는 증거는 내가 찾아낼 거야."

민혜가 내 어깨를 가볍게 눌렀다. 그녀는 야근에 지친 회계사처럼 힘겹게 눈꺼풀을 들어 올리며 삼촌과 나 사이에 끼어들었다.

"진만 씨, 내가 지안이한테 붙을게요. 우리가 하는 일이 얼마나 숨 막히고 위험한 건지 체험시켜 준다고. 정말 못 해먹을 일이면 지안이가 포기할 거예요. 하지만 예상 밖의 성과를 내면 진만 씨도 고집을 굽혀야 해요. 쇼핑몰의 후계자로 받아들이는 수밖에 없다는 거죠. 이러니저러니 해도 백두혈통이니까."

백두혈통이라는 말에 브라더가 손으로 입을 가리고 웃음을 참았다.

"소민혜, 넌 짐 가지러 온 거 아니었어? 우리 경영에 참견할 만큼 의리 있는 사이 아니잖아?"

삼촌이 발끈했다.

"지안이가 남자였어도 진만 씨가 반대했을까요? 지금쯤 한자리 내어주고, 뒤로 물러서서 탱크 놀이나 했을 거 같은데 아닌가요?"

삼촌이 잡고 있던 문손잡이가 뽑혀나갔다. 그의 황망한 표정에서 우리는 승리를 예감했다.

"아무래도 민혜 누나 말이 옳은 거 같아요. 지안 씨가 가져오는 결과 보고 판단하시죠. 우린 우리대로 움직이고."

브라더는 삼촌의 뒤끝 있는 성격을 잘 알았다. 내 쪽으로 힘을 실어 중재에 나선 거였다.

"좋아, 그렇게 쇼핑몰이 탐난다면 오디션이라도 보게 해줘야지. 그런데, 소민혜는 빠져. 정지안 혼자 움직인다."

드디어 허락이 떨어졌다. 민혜가 휙 돌아서 방을 나섰다. 삼촌이 벽시계를 흘끔 바라봤다.

"16시까지 6시간 17분 남았어."

판이 벌어진 것까진 좋은데, 내가 없는 사이 삼촌이 미남을 풀어주기라도 하면 큰일이었다.

"브라더, 우리 바디캠 있죠? 삼촌이랑 나 하나씩 달고 움직이는 게 어때요?"

우리 사이에서 늘 통제하고 감시하는 쪽은 삼촌이었다. 이번만큼은 같은 조건에서 경쟁하고 싶었다.

"바디캠을 왜 달아? 정지안, 설마 날 못 믿겠다는 거야?"

삼촌이 정곡을 제대로 찔렀지만, 그럴듯한 변명거리는 얼마든지 있었다.

"그야 내 안전을 위해서지. 민혜 언니도 없이 가라며. 우리하고 동맹 끊고 바빌론에 붙은 레드코드들이 있잖아. 킬러맵에서 사라진 사람들 말야. 그 사람들 얼굴 기억하는 사람은 삼촌밖에 없잖아. 걸음걸이만 봐도 신상 명세를 줄줄 읊을 수 있으니까, 경호 차원에서 부탁하는 거야. 어, 고마워!"

정수리에 맺힌 진땀이 삼촌의 굵은 눈썹으로 흘러내렸다. 특유의 똥 마려운 표정, 내게 졌다는 의미였다. 지난 수년 간, 나는 삼촌의 시야에서 성장했다. 이제 내 밥그릇을 지켜야 할 나이가 됐으니 공정한 룰을 요구할 자격이 생겼다. 삼촌, 이건 대결이야. 의자는 하나뿐이고, 난 거기 올인하기로 했어.

*

삼촌은 지독했다. 그래도 시내까지는 태워다줄 줄 알았는데 창고에 틀어박혀 배웅도 하지 않았다. 큰소리치긴 했지만 무엇부터 시작해야 할지 몰랐다. 인스타그램에 김미남이나 바빌론, 킬러 따위가 태그되어 있을 리 없고, 내가 가진 인맥을 활용해야 했다. 우선 퍼플코드인 윤호에게 도움을 청할 계획이었다.

"같이 가. 지름길로 왔는데도 놓칠 뻔했네."

집에서 10분쯤 걸어 나왔을 때 민혜가 오솔길 옆 동산에서 달려 내려왔다. 그녀는 백패킹용 카키색 배낭을 짊어지고, 미군 전투화로 갈아 신은 모습이었다. 묵직해 보이는 배낭 안엔 무기가 가득일 터였다.

"삼촌이 같이 가도 된대요?"

"아니, 꼭 허락 받아야 하나? 이제…… 내 앞길은 내가 헤쳐 나가야지."

커다란 등짐을 지고도 민혜는 나보다 잘 걸었다.

"왜 소민혜와 합류했어? 정지안, 너 혼자 하기로 했잖아!"

이어폰에서 삼촌 목소리가 벼락처럼 울렸다. 바디캠으로 민혜를 본 모양이었다.

"삼촌한테는 브라더가 있잖아. 왜 나만 혼자 움직여야 해? 공정과 상식으로 페어플레이 합시다. 네?"

삼촌의 잔소리가 이어질 테니 이어폰을 뽑았다. 한참을 걷다 보니 오솔길에서 오도가도 못 하는 잉잉을 만났다. 그는 전기톱과 삽을 동원해 진입로의 아카시아 나무를 제거하는 중이었다. 민혜로부터 우리 사정을 전해들은 잉잉은 시내 추어탕집 주차장에 자신의 차가 있다며 차 키를 던져주었다.

"뚝배기추탕 얘기하는 거예요. 상용 아저씨라고 삼촌 친구네 가게거든요."

볕에 익어 후끈거리는 몸에 제법 묵직한 바디캠을 덜렁거리며 걷자니 죽을 맛이었다. 시내에 도착했을 땐 어느덧 점심시간이었다.

"진만 씨 뒤통수 치고 떠난 퍼플코드가 있어. 작년에 정부 청사 해킹해서 국정감사까지 열리게 한 장본인이지. 요즘은 바빌론을 파헤치는 중이라고 들었어. 그 사람이라면 추적할 수 있을 거야. 그리로 이동하자."

민혜가 말했다. 그 정도면 윤호보다 더 유능한 사람일 거였다.

"근데 뒤통수 친 사람 믿어도 돼요?"

"남의 뒤통수 안 치고 성공한 사람이 있을까. 그냥……

실력만 믿자.”

따지고 보면 나도 삼촌의 뒤통수를 친 셈이었다. 실력으로 뭔가를 증명해야 하는 입장이니, 민혜의 말을 따를 수밖에 없었다. 게다가 삼촌에겐 내 목소리와 내가 바라보는 방향의 영상만 전해질 테니 민혜의 제안은 들리지 않을 것이었다. 실력만 믿고, 결과만 보자는 마음으로 고개를 끄덕였다. 사실 배짱 좋게 삼촌 앞에 으름장을 놓긴 했지만 믿는 구석은 윤호밖에 없었다. 그가 거절한다면 피씨방에 앉아 SNS를 뒤져야 할지, 다복떡집의 임대인을 만나야 할지 막막했는데 길이 열린 거였다.

시내로 막 들어섰을 때 핸드폰이 울렸다. 브라더였다.

“형님이 이어폰 끼래요. 팁플은 용인해주는 눈치예요. 이어폰 안 끼면 옆에서 저만 들볶여요. 부탁 좀 할게요.”

삼촌이 얼마나 안절부절못하는지 알 만했다. 나는 가여운 브라더를 생각해 한쪽 귀에 이어폰을 꽂았다. 큰 사거리를 지나 우체국 앞의 추어탕집 간판이 보였다. 점심시간인 탓에 가게는 북새통이었다. 마침 주차장에 상용 아저씨가 짝다리를 짚고 서 있었다. 그는 재떨이 대용으로 놓인 쌈장 말통 앞에서 담배를 피우며 누군가와 전화 통화를 하고 있었다.

“아니 글쎄, 군인 출신이 한두 명이냐 이거야. 너도 알다시피 여기서 차로 40분만 가면 사단 하나 있잖아. 거기서 조금만 더 들어가도 경계부대 있고. 그렇지, 전역하고 요 근방에다 가게 내고 사는 이들이 많다니까. 뭐, 무조건 아는 사람이라 하라고? 야, 내가 왜 그런 실없는 소리를 니 조카한테 해. 싫어. 이 자식, 죽었다 살아 돌아온 게 용해서 봐줬더니 엉기고 있어. 가만 있어봐, 내 조카한테 물어볼게. 걔가 아직 현역이니까. 알아보고 대답해줘야지."

발신자는 묻지 않아도 알 수 있었다. 의뭉스러운 삼촌이 바디캠을 보고 우리가 어디로 이동하는지 체크한 뒤 선수를 친 것이었다. 킬러일지 모르는 사람의 신분을 군인으로 못 박으려는 수작이 괘씸했다.

"삼촌, 이건 좀 아니지 않아? 너무 더티하네."

잠시 후 지직거리는 노이즈와 함께 삼촌의 목소리가 들렸다.

"아까 김미남 신원 확인시켜줬잖아. 그걸 못 믿고 여기저기 벌집 쑤시려 드니까 그러지."

나와 민혜가 떠나고 삼촌도 생각이 많아졌을 터였다. 곰곰이 생각할수록 새파랗게 어린 조카가 사업장을 내놓으라고 큰소리치니 분노가 그러데이션으로 치솟았을 게 뻔했다.

"벌꿀을 먹으려면 벌집을 쑤셔야지. 내 일에 신경 끄셔."

민혜는 주차장 깊이 세워놓은 검정색 마세라티로 향했다. 그사이 나를 알아본 상용 아저씨가 어정어정 걸어왔다.

"지안이 왔네? 금방 진만이랑 통화했는데."

"그런 거 같았어요."

아저씨가 주머니에서 은단 껌을 꺼내 건네기에 고개를 가로저었다. 그는 껌 포장을 벗겨 입에 밀어 넣고는 피식 웃었다.

"하여간 엉뚱한 놈이야. 미남인지 미녀인지 하는 사람하고 뭐가 좀 얽혔나봐. 네가 물으면 전역한 군인이 확실하다고 말해 달라더라. 근데 내가 없는 말은 못하거든. 꾸리꾸리한 게 있는 거 같은데 뭐든 정확히 알아보고 가야지. 지금 조카한테 톡 보내놨어."

아저씨의 핸드폰이 진동했다.

"어, 어, 어! 답장 왔다."

삼촌에게 정보를 먼저 빼앗길 수는 없었다. 나는 목에 건 바디캠을 뒤집었다.

"제가 좀 봐도 되죠?"

나는 급한 마음에 아저씨 허락 없이 핸드폰을 가져와 메신저 화면을 열었다.

나 지금 지상협동훈련 나와 있어. 15시 이후에 전화 드릴게.

3시까지 기다리면 미남에 대한 정보가 돌아올 터였다. 아저씨 조카가 결정적인 대답만 내놓으면 굳이 전직 퍼플코드와 접선하지 않아도 되었다. 삼촌이 내친 데에는 그만한 이유가 있을 테니, 꺼림칙하기도 했다. 그때 이어폰에서 삼촌의 목소리가 들렸다.

"정지안, 캠 똑바로 돌려. 더티한 건 너야. 능력껏 경쟁할 줄 알아야지, 정해진 룰을 어길래?"

맞는 말이었지만 삼촌이 윽박지르니 심사가 뒤틀렸다. 아저씨는 핸드폰을 돌려달라는 듯 손바닥을 내밀었고, 때마침 민혜가 마세라티를 운전해 내 등 뒤에 세웠다. 아저씨 조카의 정보 그리고 정부 청사를 해킹한 퍼플코드의 정보. 둘 중 하나만 선택해야 했다. 그런데 정보는 많을수록 좋단 말이지.

"아저씨, 폰 내일 돌려드릴게요! 죄송합니다."

나는 아저씨의 핸드폰을 들고 마세라티 조수석에 앉았다. 민혜는 어이없다는 표정을 지으면서도 곧장 액셀러레이터를 밟았다. 뒤에서 어, 어, 어! 하는 아저씨의 목소리가 들렸다.

"삼촌, 원래 후발 주자는 더 빡센 거야. 수단과 방법 가리며 고상하게 먹고 살 생각이었으면 휴학도 안 했지."

얼결에 휴학 얘기가 나와버렸다. 언제 해도 할 얘기였

다. 삼촌이 얼마나 격분할지 알고 있었다. 가족 중 유일하게 대졸자가 생긴다며 좋아했던 그였다. 졸업 후엔 잉잉이 엄선한 중국의 명문 대학원 진학도 예정되어 있었다. 하지만 나는 태생이 잡초인데 자꾸만 식물원으로 옮겨놓으려는 삼촌이 마뜩치 않았다.

"너랑은 정말 페어플레이가 안 되는구나. 알았다. 제대로 포기시켜 줄 수밖에."

잔뜩 퍼부을 줄 알았던 삼촌의 대답은 짧고 냉랭했다. 두려움일까, 아니면 승리감일까. 심장이 터질 듯이 뛰고 손이 떨렸다.

"휴학 얘기에 삼촌이 광분할 줄 알았는데, 아니라 실망했지?"

민혜가 말했다. 지금 이 감정이 두려움이나 승리감이 아니라 실망이라는 얘기였다.

"실망은 아닐 거예요. 전 삼촌한테 아무 기대도 없었거든요."

"기대 없이 이루어진 관계는 없어. 기대하는 만큼 상대에게 투자하지. 금전이든 감정이든 뭔가를 꾸준히 불입하면서 그에 상응하는 값을 기다리기 마련이야. 진만 씨의 투자를 받으며 알게 모르게 부채감이 쌓였을 거야. 부담감에 파산 선언을 했는데 빚쟁이가 멱살을 쥐는 게 나을까,

아니면 법정에서 봅시다, 하는 게 나을까."

민혜의 말이 옳았다. 차라리 멱살 좀 흔들리고 아무 일 없었던 것처럼 관계가 유지되길 바랐는지도 몰랐다. 삼촌이 이렇게 정색을 하니, 그와 내가 혈연이 아닌 진짜 경쟁자가 된 기분이었다. 적당하지 않은 때에 휴학 얘길 터트린 건 실수였다.

"전직 퍼플코드였다는 사람이 트레일러에 살아. 그래서 늘 어디론가 이동 중이지. 지금은 구리시인 것 같아. 내가 운전하는 동안 삼촌이 김미남을 취조하며 얻은 정보 좀 취합해봐. 김미남 본인이 주장하는 정체가 뭔지 우리도 들어봐야지."

나는 브라더가 설치해준 라이브 앱을 열었다. 삼촌의 바디캠에 찍힌 영상이 내 핸드폰으로 실시간 전송되었다.

강화유리 돔 안에 미남이 가부좌를 틀고 앉아 삼촌과 대적 중이었다. 대나무처럼 곧은 몸에 형형한 눈빛이 예사롭지 않았다. 그에 비해 유리 돔에 얼비친 삼촌은 오늘따라 거북목이 도드라졌다. 인스턴트 음식과 야식으로 차곡차곡 적립한 뱃살이 하와이안 셔츠와 잘 어울렸다.

"문제를 내지."

삼촌이 입을 열었다.

"사상 전향이라도 시킬 셈이냐? 아나 똥이다."

미남이 대답했다.

“2지선다야. 둘 중 하나가 답인 간단한 문제지. 진실을 말하면 당신도 내게 질문 하나를 할 수 있어. 계속 잡아뗀다? 찐한 디퓨저로 최루탄 하나 투척해줄게. 자, 이제 대답해. 당신 김 씨의 하수인이지? 예, 아니오로 대답해.”

김 씨가 흔한 성도 아닌데, 아는지 모르는지 묻는 게 황당했다. 미남의 표정도 흔들림이 없었다.

“하수인? 내가 누구 밑에서 일할 사람으로 보이냐? 오호라, 김 씨가 암살 타깃 성씨로구나? 지금 테스트하는 거지? 아주 알아서 술술 부네. 하지만 난 너희가 묻는 김 씨도 모르고 그놈 하수인도 아니란다. 이제 삶든 굽든 마음대로 해.”

삼촌이 카메라 필름처럼 생긴 노란색 원통을 들고 일어섰다.

“모를 수가 없어. 당신 핸드폰을 감식하다 보니 폐쇄형 메신저로 신원 미상인 자가 말을 걸더군. 왜 아무 대꾸도 하지 않는 건지, 어떻게 되어가고 있는 건지 집요하게 묻던데……. 꽤나 실망한 눈치였어. 신원 미상이 너네 보스 김 씨면 당신, 죽은 목숨 아닌가?”

이제 막 핸드폰 감식을 시작했을 텐데, 삼촌은 당당하게 거짓말을 했다. 그는 유리 돔 앞에 사다리를 놓고 천천히 기어올랐다. 그러고는 자물쇠로 채워놓은 뚜껑을 열고 원통을 던졌다. 뚜껑을 닫자 하얀 기체가 돔 안으로 퍼져나갔다. 미남이 이글거리는 눈빛으로 삼촌을 노려보며 눈물과 콧물을 쏟아냈다.

“언니, 김 씨라고 알아요? 바빌론 보스 같은데 아무래도 김미남하고 관련된 거 같아요. 누구예요?”

쇼핑몰의 핵심 멤버인 민혜라면 알 것 같았다. 그러나 민혜는 고개를 저었다.

“김 씨에 바빌론 보스라…… 처음 들어. 1년이나 이 세계를 떠나 있었으니까 그사이 새로 알아낸 정보 같아.”

나는 다시 영상을 바라봤다. 미남은 보통내기가 아니었다. 그는 눈, 코, 입으로 체액을 줄줄 흘리면서도 가부좌를 유지했다. 삼촌은 의자를 끌고 유리 돔 앞에 앉아 미남과 시선을 맞추었다. 놀리기라도 하듯, 호주머니에서 소포장된 육포를 꺼내 질겅거렸다. 그가 나와 교신하던 이어폰으로 뉴진스 노래를 틀었다. 귀청이 따가워 이어폰을 뺐다.

“김 씨가 누구인지 브라더한테 물어보는 게 어때? 진만씨 전쟁놀이를 누구보다 고깝게 보는 사람이 그 친구일 테니까. 사업이 기우니 퇴직금 날아갈까 봐 속으로 곪았을 거야. 게다가 유리 돔 때문에 브라더의 생활공간은 반으로 줄었잖아.”

김 씨가 누구인지 내게 귀띔해줄 사람은 역시 브라더뿐이었다. 삼촌은 미남과 기싸움 중이니 한동안은 내 바디캠을 염탐하지 않을 것 같았다. 나는 브라더에게 전화를 걸었다. 그는 금방 전화를 받았다.

"강변북로 차 안 막혀서 다행이네요. 지금 지안 씨 지나가는 마포가 내 고향이에요. 어렸을 때 기억은 하나도 안 나지만, 주소지 보니까 거기서 태어났더라고요. 잘 풀렸으면 나도 한강 보이는 아파트에서 살고 있었을 거예요. 지금 거기 평당 얼만 줄 알아요? 내가 매일 아파트 시세를 보거든요."

삼촌은 바디캠에서 눈을 뗐지만, 브라더는 열심히 우리를 모니터링하는 모양이었다. 사설이 길어지기 전에 용건부터 말해야 했다.

"바빌론 김 씨가 누구예요? 나도 삼촌만큼은 알고 시작해야죠."

브라더가 스피커폰으로 전환했는지 타이핑 소리와 잡음이 섞여들었다.

"제가 무슨 힘이 있겠습니까. 백두혈통이 물으시니 답해야죠. 김 씨의 이름은 알렉스예요. 바빌론의 아시아 지부장이죠. 본명이나 나이는 알려진 바 없고, 거점 지역 편의점 포스를 해킹해서 이름만 찾아냈어요. 바빌론에서 판매

하는 서비스나 무기는 가격이 비싸서 포스에 25만 원짜리 에어팟으로 분류돼 있는데, 그걸 납품하는 회사가 알렉스 김인 거죠. 직영점도 갖고 있을 거예요."

삼촌은 내게 알렉스란 존재를 숨기려고 에둘러 김이라고만 표현했던 거였다.

"납품할 때 미행하면 잡았을 텐데 삼촌은 손 놓고 지켜보기만 한 거예요?"

쇼핑몰 주인이 천하태평이니 미래는 암담했다. 온라인 쇼핑몰 1년 내 폐업률은 90퍼센트였다. 10년 넘게 버틴 게 용할 지경이었다.

"이거 민혜 누나가 안 듣고 있죠?"

브라더가 조심스레 물었다. 그녀가 들으면 안 될 이야기가 이어질 모양이었다.

"네."

차창에 비치는 운전하는 민혜의 옆모습을 보며 짧게 대답했다.

"진만이 형님, 민혜 누나랑 그렇게 되고 쭉 슬럼프였잖아요. 첨엔 밥도 못 넘겨서 제가 우유에 꼬북칩 말아 죽처럼 떠먹인 거 모르죠? 여태 잘 피하고 살다 다 늙어서 상사병이 날 게 뭐래요?"

알면 안 될 것을 알아버렸다. 삼촌과 민혜 사이에 전우

애 말고도 다른 감정이 흘렀단 얘기였다. 누가 먼저였을까. 삼촌을 키다리 아저씨로 여기던 민혜가 그를 이성으로 바라보진 않았을 터였다. 보나마나 삼촌이 혼자 감정을 키우고 끙끙대다 공격 같은 고백을 퍼붓고, 결과가 나쁘니 녹다운 되었으리라. 그러고도 민혜가 이 쉰내 나는 쇼핑몰로 돌아온 이유는 뭘까. 설마 신뢰를 고백으로 깨버린 삼촌에 대한 복수 같은 걸까.

"지안 씨가 지금 만나러 가는 사람 조심해요. 본명은 김정본, 코드네임 '카톡안한다'일 거예요. 북한 전자정찰국 소속의 그야말로 진짜 간첩이죠. 프리랜서로 우리 일도 짬짬이 받아줬는데, 이 자식이 우리 킬러맵까지 해킹하면서 진만이 형님이랑 틀어졌어요. 그래도 실력 하나는 이 바닥 최고지만요."

그 얘기대로라면 우리 외에도 킬러맵을 들여다볼 수 있는 사람이 한 명 더 있다는 뜻이었다. 삼촌의 쇼핑몰은 수주가 들어오면 킬러맵에서 적합한 레드코드를 찾아 오더를 내리는 방식인데, 정본에게도 그걸 할 수 있는 권한이 있다는 거였다.

"김정본은 민혜 누나한테 흑심이 있어서 일단 돕는 척은 할 테지만, 언제 돌변할지 모르니까 몸 사려요. 저, 형님이 불러서 가봐야겠어요. 쓸 만한 정보 생기면 공유해줘요."

뭐가 이렇게 복잡한 걸까. 삼촌은 민혜에게 껄떡대다 차이고, 그러는 사이 바빌론은 세력을 확장하고, 세상엔 진짜 간첩이 있고, 가짜 간첩인 삼촌은 전직 군인과 으르렁대고.

멀리 워커힐이 보였고 그 아래 평화롭게 한강이 흘렀다. 민혜는 샛길로 빠져 한참을 달리다 눈이 시리게 녹음이 우거진 저수지를 끼고 돌아 비포장도로 깊숙이 차를 세웠다.

우리 앞에 제법 근사한 캠핑카가 먼저 와 있었다. 캠핑카 운전석을 열고 나온 남자는 키가 크고 조금 야윈 몸에 깎아지른 듯 우뚝한 콧대를 가진 미남이었다. 경계심이 앞섰다. 그는 언제든 쇼핑몰을 가로챌 수 있는 능력자였다. 미남을 보낸 사람이 알렉스가 아니라 정본일 수도 있었다. 검은 개는 세상 어디에나 있으니까. 그리고 그들이 악당같이 생겼다는 보장도 없으니까. 민혜는 주머니에서 분홍색 립밤을 꺼내 입술에 바르곤 시동을 껐다.

"금붕어처럼 똥을 달고 왔네?"

민혜를 따라 차에서 내리자 정본이 대뜸 말했다. 속 쌍꺼풀 진 깊은 눈만 아니었다면, 수염 자국 없이 깨끗한 턱과 구각이 선명해 그린 듯한 입매가 잘생기지만 않았다면, 욕이라도 박아주고 싶은 말투였다.

"소개 안 해도 알지? 한동안 지안이 담당이었잖아."

민혜의 말에 정본이 가볍게 고개를 주억거렸다. 그녀를

바라보는 정본의 시선은 사뭇 부드러웠다. 말을 찾지 못해 앞니 사이로 재빨리 들어갔다 나온 아랫입술은 수줍어 보이기까지 했다. 그나저나 내 담당이었다고?

"진만 씨 오더를 받고 양아치들 여럿 참교육 해준 게 저기…… 저 친구 김정본이야."

나와 시비가 붙어 뒤끝이 좋았던 사람은 없었다. 최소 어디 한 곳은 부러졌거나 좌천되거나 의문사로 세상을 떠났다. 정본은 유능한 해커인 동시에 북한 최정예 부대원일 터였다. 그러고 보니 잠깐 친구 추천 목록에 '카톡안한다'라는 이름이 떴다 사라진 적이 있었다. 그럴 거면 왜 가입을 한 건지.

"사람 뻘쭘하게 본명부터 까 버리네. 거기서 그러고 있지 말고 들어가자."

이질감 없는 한국 억양이었다. 우리는 정본을 따라 그의 캠핑카로 들어갔다. 한 칸짜리 싱크대와 니은 자 모양 벤치 그리고 테이블이 눈에 들어왔다. 벤치 뒤에는 Great USA라 큼직하게 적힌 낡은 롱보드가 걸려 있었다. 벤치에 앉아 정면을 바라보니 한쪽 벽면에 다닥다닥 붙여놓은 모니터밖에 보이지 않았다.

정본은 캡슐 커피 두 잔을 만들어 민혜와 내 앞에 하나씩 놓아주었다. 그는 노트북을 들고 민혜와 나 사이에 끼어 앉더니 무언가를 열심히 타이핑했다. 그러자 삼촌이 보여주었던 군복 차림의 사진이 아닌, 평상복 차림의 사진과 여권 정보가 모니터에 송출되었다. 또 다른 모니터에선 그의 주민번호로 가입한 사이트와 은행 계좌, 부동산 내역이 빼곡했고, 다른 모니터엔 문자메시지가, 또 다른 모니터엔 메신저 대화 메시지가 최신 순으로 옮겨져 있었다.

"누나가 얘기한 다복떡집은 기타 판매 방식으로 사업자 내고 일단 통신판매부터 시작했어요. 가게를 오픈하진 않았는데, 실시간 위성사진으로 확인해보니 간판은 달아놨습디다. 퇴직 전까진 관사에 살았고, 두 번이나 이혼을 해서 군인연금도 세 명이 갈라 먹어야 하는 상황으로 보이네요. 청실홍실이라는 미팅 앱으로 돌싱 몇 명과 데이트를 한 것 같은데, 상대들이 매긴 평점이 별 반 개인 걸 보면, 징그럽게 구두쇠거나 보이지 않는 어떤 능력이…… 많이 부족한 것 같습니다. 현재 메신저 하나가 활성화돼 있어, 발신자 신분도 어렵지 않게 찾았어요. 전직 군인으로 기계공업사 사장이고, 정황상 김미남이 물건 배달을 맡기고 연락이 안 돼 화가 좀 난 것 같아요."

간첩다운 정보력이었다. 그렇다면 미남은 여자에게 인기 없는 진짜 떡집 사장이 맞고, 내 판단이 틀렸다는 이야기가 되었다.

"아오, 헛발 짚었네요. 삼촌한테 얘기해주는 게 좋겠죠? 아까 보니까 최루탄 쏴서 고문까지 하던데, 어떻게 입막음을 해야 할지 모르겠어요."

삼촌이 무능하다곤 해도 나 역시 그보다 나을 바 없었다. 상용 아저씨와 삼촌에게 뭐라고 사과해야 할지 암담했다. 그보다 너무 많은 걸 목격한 미남을 어떻게 구워삶아야 할까.

"언니, 이제 그만 가죠."

나는 생각에 잠긴 민혜의 손을 잡아끌었다. 큰소리치고 집을 떠났지만 다시 고개를 숙이고 돌아가야 할 형편이 비참했다.

"김미남이야 진만 씨가 알아서 처리하겠지. 근데 우리한텐 더 큰 이슈가 생겼잖아. 진만 씨도 어쩌지 못하는 존재. 김정본, 찾아온 김에 뭐 하나 묻자. 알렉스가 누구야?"

돌발적인 질문이었다. 알렉스가 누구인지 궁금하긴 했지만, 내 깜냥으로 해치울 만한 인물은 아니었다. 그래도 궁금하긴 했다. 시야가 좁아 미남의 정체에만 골몰했는데, 우리 쇼핑몰이 나락으로 떨어진 건 바빌론과 알렉스 김 때문이니, 온 김에 뭐라도 하나 건지면 좋겠다는 생각이 들었다. 정본이라면 놈의 정체를 알고 있을 법도 했다. 그가 하는 대답을 들으며 상체를 앞으로 당겼다.

"왜 안 묻나 했네. 정진만 때문에 1년을 방황하고도 돕고 싶은 거야?"

정본은 믿어지지 않는단 표정으로 민혜를 흘겨보았다. 민혜가 백팩 앞주머니를 열고 무언가를 만지작거렸다.

"넌 돕기 싫겠지. 진만 씨가 무너지면 너 혼자 쇼핑몰 삼킬 수 있으니까. 그래서 이 친구를 데려온 거야. 진만 씨 후계자거든. 니들 식으로 백두혈통이지."

정본도 웃음을 터트렸다. 그러나 민혜는 독이 바짝 오른 얼굴로 백팩 앞주머니에서 폴더나이프를 꺼내고는 캠핑카 천장을 시원하게 갈랐다. 번쩍거리는 기계들이 빼곡히 들어차 있었다.

"이 서버 안에 너희 외화 벌이 수단과 방법이 다 있지. 해킹한 정보며 포동포동하게 살찌운 코인이 싹 날아가면 어떻게 될까. 네 부모와 형제는 즉결재판 받고 공개 처형 아니야?"

민혜의 으름장에 정본은 고개를 떨어뜨렸다.

"언제고 누나한테 이렇게 한 방 먹을 줄 알았어. 알면서도 사람 마음이 밀어내질 못하겠더라."

정본은 겨우 옆에 앉은 내게나 들릴 법한 작은 목소리로 주절거리곤 노트북 자판을 두드렸다.

"누나 참 깜깜이네. 우리 부모님과 남동생은 공개 처형

당했어. 그놈의 코인은 포동포동하지도 않고 말야. 거, 팔 아프겠다. 칼 내려놓고 앉아. 어디 무서워서 입이나 벙긋하겠어?"

한참을 모니터에 고정했던 정본의 눈이 민혜를 향했다.

"공개 처형이라니…… 그게 무슨 얘기야?"

그녀가 안심치 않은 표정으로 나이프를 내리고 자리에 앉았다.

"내 부모 형제를 죽인 원수도 알렉스 김이야. 본명은 김진영. 한국에서 태어나 중학교 마치고 싱가포르로 이민을 갔지. 아버지가 사모펀드 매니저였다는 것 외에 가족 사항은 알려진 게 없어. 알렉스는 싱가포르에서 화승락이라는 삼합회 홍콩 조직 지부장과 손잡고 사업을 일으켰어. 지금의 바빌론 아시아 지부의 효시지."

막연하게 상상한 알렉스 김은 잿빛 명품 슈트에 행커치프를 꽂은 민머리였다. 민혜는 입술을 앙다물고 코로 긴 한숨을 몰아쉬었다.

"한국엔 2006년에 돌아왔고, 네트워크를 만들어 세력을 확장했어. 얼굴을 아는 사람은 전부 맹인으로 만들거나 살해했지. 알렉스하고 손잡으려고 우리 공작원 세 명을 공항에 보냈는데 모두 내장을 들어내고 박제를 만들어 보냈더라. 무슨 고문을 했는지 전자지갑 비번까지 불게 해서 2억

달러가 털렸어. 나도 살아도 산목숨이 아니다 이거야."

알렉스에게 원한이 있는 사람은 우리뿐이 아니었다. 내 앞의 간첩 그리고 그의 목숨을 쥔 가깝고도 먼 나라가 알렉스의 원수였다.

"내가 가진 알렉스의 사진은 이게 유일해. 러시아 마피아한테 어렵게 입수한 사진이라 위치도 알 수 없어. 승냥이 새끼들이 뭐 토씨 하나 뱉을 때마다 천 달라씩 부르더라. 알렉스가 드나든 걸 보면 직영점일 텐데, 내가 쩐이 있어야 말이지."

정본이 중앙 모니터에 흐릿한 사진 한 장을 띄웠다. 편의점 문을 밀고 나오는 푸둥푸둥한 남자였다. 겨울인지 어두운 색 두건을 머리에 쓰고 있었고 명품 롱패딩 차림이었다. 얼굴이 있어야 할 자리가 검었다. 가시광선 차단 스프레이를 사용한 거였다.

"정진만 그 귀신같은 인간이 나보다 소식이 느릴 리 없어. 정지안은 백두혈통이니까 아는 게 좀 있을 것 같은데, ……아니야?"

나는 알렉스 김이라는 원수가 있다는 사실조차 오늘 알았다. 그런데 어째 사진 속 장소가 눈에 익숙했다. 늘 공사 중인 3층짜리 건물, 화단에 배를 까고 누워 있는 노란색 얼룩무늬 고양이, 뚜껑이 반쯤 열린 맨홀과 유독 삐뚤빼뚤하게 깔린 보도블록. 저긴 분명 굿데이 편의점 용석기쁨점이었다.

"이 편의점은 제가 아는데요."

편의점은 내 자취방에서 멀지 않은 곳이었다. 지하철을 탈 땐 직선 코스이기 때문에 거칠 일이 없지만 버스 정류장에서 내리면 늘 저 편의점 앞을 지나곤 했다. 게다가 오전 타임 알바는 내 한 학년 후배이자 다나의 사촌이었다. 민혜와 정본이 흠칫 놀라 동시에 나를 바라보았다.

"잠입한 적 있어? 혹시 도청 장치나 카메라 위치도 확보했고?"

민혜의 목소리가 다급했다.

"진짜 알기만 하는 편의점이에요. 가까워서 가끔 도시락 사먹었거든요. 후배가 저기 알바인데……?"

정본이 속 모를 미소를 지었다.

"이거 내 원수는 남이 갚아주는 게 맞구나야."

그가 운전석으로 옮겨가 시동을 걸었다. 다시 봐도 그곳은 굿데이 편의점 용석기쁨점이었다. 아무것도 한 게 없는데 이미 대단한 걸 이룬 것 같았다.

*

내가 삼촌의 바디캠을 들여다보지 않은 사이, 쇼핑몰 창고에선 기막힌 일이 벌어졌다. 물론 모든 사건과 사고가 마무리되고 꼼꼼히 녹화 영상을 확인한 뒤에야 알게 된 속 터지는 상황이었지만 말이다.

생화학 공격으로 녹다운 된 미남의 얼굴은 글러브처럼 부어올랐다. 삼촌은 돔 뚜껑을 열고 2리터짜리 생수 한 병을 미남에게 던졌다. 기신기신 고개를 든 미남이 생수를 얼굴에 끼얹고 눈을 씻어냈다. 삼촌은 지금 생사람을 잡고 있으며, 이제부터 그를 어떻게 구슬러야 무탈하게 마무리 지을 수 있을지 고민하는 표정이었다. 오해의 당사자인 미남을 제거하는 게 가장 깨끗하고 확실한 방법이었지만, 조카가 지켜보는 가운데 살인을 저지를 만큼 냉혈한은 아니었다. 그는 다시 유리 돔 앞의 의자로 돌아가 엄지손톱을 물어뜯었다.

"형님, 잠깐 저 좀 봐요."

창고 한 편에 샌드위치 패널을 세워 만든 방에서 브라더가 손짓했다. 삼촌은 굼뜨게 의자에서 일어나 습관처럼 뒷목을 긁으며 느릿느릿 걸어 브라더에게 향했다.

"급해요, 빨리 좀."

마음이 급한 브라더가 잰걸음으로 뛰어나와 삼촌의 손목을 잡아끌었다. 둘은 브라더의 직장이자 원룸이자 감옥이나 다름없는 두 평짜리 공간에 무릎을 맞대고 앉았다.

"아무래도 김미남, 킬러 같아요. 아까 형님이 꾸며 말한 메신저 내용하고 거의 비슷한 게 와 있어요."

브라더는 미남의 핸드폰에서 메신저 창을 열었다.

어디야
읽었으면 대답을 해야지
4시 건은 어쩔 생각인데
어그러지면 손해배상은 확실히 받아낸다

넉 줄의 메시지였지만 내용이 심상치 않았다. 발신자의 이름은 김진영이었고, 메시지가 도착한 시간은 약 30분 전이었다.

"4시에 뭐가 있긴 있는 거 같아요. 게다가 김진영…… 알렉스 김 한국 이름이잖아요."

"다른 메시지나 문자는?"

"없어요. 폰도 새 거예요. 아직 측면 스티커도 안 뗀 최신 기종. 연락처에 저장된 번호도 없고 인터넷에 로그인한 기록도 없어요. 동기화 자체를 안 한 거죠."

내가 보기에도 모든 게 수상쩍었다. 뭔가 큰 사건을 예고하는 김진영의 협박 메시지 그리고 너무 깨끗해서 덜미 잡을 게 삼촌의 머리숱만큼도 되지 않는 핸드폰. 삼촌은 무언가 결심한 듯 자리에서 일어섰다.

"어쩌시게요?"

"지안이 지금 뭐 해?"

삼촌의 물음에 브라더가 바디캠 영상을 확인했다. 카메라를 뒤집어놓았으니 보이는 건 내 티셔츠 앞섶일 터였다.

"영상은 확인 안 되고, 민혜 누나랑 무슨 편의점 얘기를 하고 있어요. 굿데이 편의점 도시락 중에선 한마음비빔밥이 제일 낫다는데요? 구리 토평 인근이요."

삼촌은 내가 한눈을 파는 사이 미남을 해치울 모양이었다. 그는 환풍기를 뜯어 두 정의 권총을 꺼냈다.

"발터하고 글록 중에 골라."

브라더의 시선이 진흙색의 작은 권총으로 향했다.

"발터 좋지."

삼촌은 뒷주머니에 권총을 찔러 넣고 브라더의 아지트를 나섰다. 화질이 선명하지 않은 영상에서도 삼촌의 눈에선 살기를 그득 담은 안광이 선명했다. 한 번도 본 적 없는 표정이었다. 순식간에 유리 돔 앞에 다다른 삼촌은 셔츠 앞자락을 들어 올려 이마에 흐른 땀을 닦았다. 미남도 삼촌의 눈빛이 심상치 않다는 걸 알아차린 듯 작게 입을 벌리고 얼어붙었다.

"야, 간첩! 너 왜 이러냐? 나를 죽여서 네놈들이 얻을 게 뭐야? 진정하고 심리전이나 계속하자."

삼촌은 대꾸 없이 사다리를 기어올랐다.

"내 조카 짐작이 옳았어. 확실히 여자들이 육감으로 위험을 빨리 감지하지. 전 세계에서 가장 몸값 비싼 킬러도 여자야. 미스 캐나다 출신의 오십 대 누님인데, 후각이 어마어마하게 발달했거든. 그래서 타깃의 얼굴과 이름을 몰라도 체취만으로 추적할 수 있었어. 코로나 걸려서 후각을 잃기 전까진."

돔 뚜껑을 연 삼촌이 뒷주머니에서 권총을 꺼냈다.

"저기요, 사장님! 그 총 좀 거두고 얘기하시죠. 뭔가 오해가 있는 거 같은데, 남자 대 남자로 허심탄회하게……. 저 죽이면 사장님도 후회하실 겁니다."

미남이 쫄았다. 유리 돔 벽에 납작하게 붙어 양손을 치켜든 그는 비로소 자존심을 굽혔다.

"아저씨 미안한데 가운데로 좀만 와봐. 거기 붙어 있으면 방아쇠를 당길 수가 없다니까. 이 유리 돔 다시 제작하려면 나 진짜 파산이야."

그 와중에 삼촌은 유리 돔부터 걱정했다. 미남은 더욱

바짝 벽에 몸을 붙이고 이마에 주름을 잡아가며 삼촌을 올려다봤다.

"진짜 후회하실 일이라니까 이러네. 저기…… 이유나 좀 압시다. 대체 내가 뭘 어쨌다고 죽이려는 겁니까?"

미남의 질문에 삼촌은 어깨를 으쓱했다.

"이 양반아, 당신 알렉스 김이 보낸 킬러잖아. 그렇게 티를 팍팍 내는데 우리가 속을 줄 알았어? 어……, 이렇게 된 거 알렉스 김이 어떤 놈인지나 들어보자. 어디 김 씨야? 그 자식 은신처가 어디야? 당신 얼마 받고 일해?"

삼촌이 침을 튀겨가며 미남을 몰아세웠다.

"그러니까 알렉스 김이 누구냐니까요? 난 그런 사람 아예 몰라요."

"당신, 설마 의뢰인 이름도 모르고 덥석 문 거야? 핸드폰 메신저 봤어. 김진영이 바빌론 아시아 지부장 알렉스 김이야. 이제 이해되나?"

갑자기 미남이 두 손바닥을 짝 마주치며 안도의 한숨을 내쉬었다.

"누군가 했더니 김진영이 때문에 이러시는구나. 그런 거라면 걱정 마시고 총 내려놓으세요. 개 부천에서 식품 기계 공장 하는 친구예요. 나랑 중사까지 같이 달았다가 그 놈은 장기 떨어져서 지금은 기름밥 먹죠. 말투 봤죠? 꼴에 사장이라고 거만이 뚝뚝 흐른다니까요. 이따 16시에 가게로 고추방아 배달 온다는데, 연락이 안 되니 부아가 좀 났을 겁니다."

삼촌이 입술을 비죽거리다 권총을 내렸다. 머리를 한 김식히고 생각해보면 김진영이라는 이름은 너무 흔했을지도 모른다.

"그럼 김진영이 말한 손해배상은 뭐야?"

"부천에서 여기까지 어디 맨손으로 들고 오나요? 용달도 부르고 인부도 사고, 자기 돈 들어간 거 받아내겠다는 거죠. 이제 오해가 좀 풀리시죠? 나 아주 식겁했네. 이제 저 좀 꺼내주세요. 여기서 본 건 내가 죽는 날까지 비밀로 할게."

미남의 설명을 들은 삼촌의 표정에 낭패감이 맴돌았다. 하지만 쇼핑몰 창고의 무기와 자신을 겨누었던 권총을 본 이상 그를 살려둘 수는 없을 터였다.

"미안하지만 김미남 씨, 오늘은 서로 운이 없었던 날이라고 생각합시다."

그가 다시 권총 든 팔을 들어 올렸다. 사색이 된 김미남이 유리 돔 벽에 바짝 붙어 눈을 질끈 감았다.

"형님, 큰일 났어요!"

미남은 운이 좋았다. 삼촌의 검지가 방아쇠를 당기려던

그때 브라더가 달려왔다.

"이번엔 또 뭔데?"

삼촌이 한 손으로 유리 돔을 탕탕 두드리며 물었다.

"방금 수스에 정지안 살해 요청 글이 올라왔어요."

브라더가 하얗게 질린 얼굴로 자신의 핸드폰을 삼촌에게 던졌다.

"정지안, 21세, 키 162센티미터, 마른 체형……. 주소 서울시 중랑구……. 머더헬프닷컴 정진만의 조카. 모든 실행자 조건 없이 매칭."

수스에 상세한 내 정보가 게시되었다. 마치 예약된 시간에 글을 올린 것처럼 2시 정각에서 1초도 벗어나지 않은 게시물이었다. 사진과 SNS 계정, 신체 사이즈, 집 주소, 핸드폰 번호, 각종 계정의 비밀번호, 메모지에 끄적거려놓은 내 필체까지 첨부된 것이었다. 심지어 실시간으로 내 위치 정보까지 표시되고 있었다. 교사자는 나에 대해 상당히 많은 걸 알고 있었고, 꽤 오래 준비한 것이 틀림없었다.

"실행자들이 입찰을 시작했어. 벌써 17명이나 되고, 자동으로 매칭 완료가 이뤄지고 있어요."

삼촌의 눈에서 안광이 불똥처럼 튀었다.

"지안이한테 꼼짝 말라고 연락해."

삼촌이 사다리를 내려왔다.

"사장님, 저 풀어주셔야지 어디 가십니까?"

미남이 유리 돔을 두드리며 삼촌에게 고함쳤다. 하지만 한 번에 두 가지 일은 못 하는 삼촌의 귀에 그의 목소리는 들리지 않았다.

"그렇잖아도 전화했죠. 근데 알렉스 김의 직영 매장을 알아냈다면서 방해하지 말라던데요?"

나는 삼촌의 예상을 뛰어넘어 적진 깊숙이 접근 중이었다. 시간을 돌이켜 다시 그 순간으로 돌아간다 하더라도 내 결정은 변하지 않을 터였다. 언제까지나 삼촌에게 내 미래를 맡길 수는 없는 노릇이니까.

"그럼 우리가 쫓아가는 수밖에. 적어도 17명이 덤빌 거고 우린 놈들의 얼굴도 성별도 몰라."

삼촌이 브라더에게 권총을 쥐어주었다.

"그런데 놈들은 머더헬프를 알고 있을 테니 변장이라도 해야 할까요? 아까 보니 우리 픽업트럭 차 번호까지 노출됐던데요."

실전은 처음인 브라더가 권총 쥔 손을 달달 떨었다. 그의 말마따나 상대에 대한 정보는 하나도 없지만 그들은 나뿐 아니라 삼촌, 어쩌면 브라더의 얼굴까지 알았다. 나물 파는 할머니나 어린이집 버스를 기다리는 새댁도 안심할 수 없었다.

"혹시 제 다마스 안 필요하세요?"

그때 솔깃한 제안이 유리 돔 안에서 새어나왔다. 삼촌과 브라더가 미남을 바라보았다.

"뭔지는 몰라도 공범이 되면 저 살려주실 거잖아요. 안 그렇습니까?"

한결 여유 있어진 표정의 그가 호주머니에서 차 키를 꺼내 흔들었다.

*

정본의 캠핑카는 굿데이 편의점 용석기쁨점을 향해 달렸다. 사실 달린다기보다는 걷는 것에 가까웠다. 거리상으론 20킬로미터였지만 도로는 답 없이 막혔다. 나는 삼촌이 뭘 하고 있는지 궁금해 라이브 앱을 열었다. 자그마한 핸들을 잡은 통통한 그의 손이 비쳤다. 우리가 빠져 나온 오솔길을 거쳐 이제 막 시내로 접어든 참이었다. 아무리 봐도 그들이 타고 있는 건 미남이 끌고 온 다마스였다.

"브라더, 통화 연결되면 스피커 눌러. 알았지?"

카메라 앵글이 들썩거리며 보조석에 앉은 브라더에게 향했다. 브라더까지 쇼핑몰을 비웠다는 얘기였다. 그럼 쇼핑몰 안엔 미남 혼자 있단 건가. 아니면 이미 무자비하게 해치우고 시신을 유기 중인지도 몰랐다. 그가 누구와 통화하려는지 들어봐야 했다.

"네, 저예요."

전화를 받은 사람은 내 옆에 앉아 착잡한 표정을 짓고 있던 민혜였다. 라이브 앱에서 민혜의 건조한 목소리가 들려왔다.

"브라더 말이 사실이야? 김정본하고 같이 있냐고? 지안이를 데리고 거기까지 갈 줄은 몰랐다."

삼촌의 우렁우렁한 목소리에 이어폰이 진동했다.

"너무 뻔한데 몰랐다는 게 더 황당하네요. 진만 씨보다 유능한 정보통은 김정본밖에 없으니 찾아왔어요. 덕분에 알렉스의 본진을 알아낸 것 같아요."

민혜는 차분하고 반박하기 힘든 논리로 삼촌을 밀어붙였다.

"김정본이야말로 진짜 남파 간첩이잖아. 분명히 함정일 거야. 탈출해. 아니, 제거하는 게 좋겠네."

"지금은 그럴 수 없어요. 적의 적은 동지니까요. 김정본은 알렉스에게 원한이 깊고, 난 그 감정을 효과적으로 이용할 생각이에요."

정본은 헐렁한 사람이 아니었다. 분명 이 대화도 운전석에서 엿듣고 있을 터였다. 그럼에도 민혜가 거리낌 없이 속내를 드러낸 걸 보면 알렉스라는 인물이 얼마나 거물인지 알 수 있었다. 적의 힘이라도 빌리지 않으면 물리칠 수 없는 극악무도한 제왕. 그게 알렉스의 실체였다.

"적의 적? 민혜 네가 정말 내 편이기는 하고? 지난 1년간……."

"긴 휴가였을 뿐이에요."

두 사람은 대화 없이 호흡만 주고받았다.

"사장님, 좀 전에 남파 간첩이라고 했어요? 그럼 우리가 진짜 괴뢰군을 잡으러 가는 거네. 이야, 손발이 저릿저릿하다."

느닷없이 미남의 목소리가 끼어들었다. 바디캠이 비추지는 않았지만 삼촌의 등 뒤에서 들리는 목소리였다. 미남은 죽은 게 아니라 삼촌과 한 팀이 된 거였다. 나는 민혜의 핸드폰을 낚아챘다.

"잘하고 있다. 나 없는 자리에 어중이떠중이 다 끌어들였나 보네. 조카가 여자라 가업 승계는 안 해주면서 오늘 처음 만난 아저씨하곤 벌써 베프 먹은 거야? 어, 그런 거냐고?"

삼촌이 코를 훌쩍 들이마셨다. 그의 불규칙한 호흡이 수화기를 쉭쉭 울렸다.

"그래, 맞아. 게다가 나는 네가 아는 것보다 훨씬 혐오스러운 인간이야. 푸근한 외꾸로 의뭉스럽고 잔인한 진면모를 감추는 악당이지. 네가 늙어 내가 된다는 생각을 하면 자다가도 눈이 번쩍 뜨여. 널 그렇게 놔둘 수 없어."

맞는 말 대잔치를 하고 삼촌은 전화를 끊었다. 민혜에게 핸드폰을 돌려주고 이어폰을 뽑았다. 나는 벤치에 두 발을 올려 무릎을 세우고 머리를 기댔다. 아무래도 찜찜했다. 분명 삼촌은 뭔가 더 하려던 말이 있었다. 정본이 엿들을 게 뻔하니 얼버무린 게 틀림없었다. 내가 모르는 큰 그림이 있는 걸까. 아니면 확증편향일까. 그럼에도 삼촌의 목소리가 마음에 가시처럼 걸렸다. 그는 오랜 세월 세심하고 꼼꼼하게 나를 속여 왔다. 철두철미한 끝판왕 보스의 말을 있는 그대로 받아들이는 건 어리석은 일이었다.

한참 생각에 잠겨 있을 때 차체가 좌우로 요동쳤다. 민혜가 창문을 덮은 블라인드를 올렸다. 사설 구급차 한 대가 바짝 붙어 멈춰 있었다.

"좌측에 레드코드 77번 접근 중."

정본의 목소리가 차내 스피커로 들렸다. 민혜가 백팩에서 권총 한 자루를 꺼내 장전했다.

"언니, 저도……."

사실 아무에게도 말하지 않았지만, 나는 삼촌이 매트리스 밑에 숨겨 둔 권총 한 자루를 허리춤에 숨겨 나왔다. 고작 남의 뒷조사하는 일에 자동권총을 쓸 일이 있겠나 싶어 후회하던 중에 이런 사달이 벌어진 거였다.

"총 내려놔. 사정거리에서 실수하면 죽는 거야. 차 문 열리면 자세 낮추고 머리 보호해."

민혜는 표정 변화 없이 출입문 옆에 몸을 바짝 붙였다. 실수 안 할 자신은 있었지만, 민혜가 시키는 대로 하는 게 사는 길이라고 믿었다. 나는 테이블 아래 웅크린 채 두 손으로 머리를 감쌌다.

"야, 오랜만이다. 구급차까지 타고 와 들이받을 줄은 몰랐네. 무슨 용건인지 몰라도 너 나랑 담배 한 대 피우자."

밖에서 정본의 목소리가 들렸다.

"너 같은 개털한테 볼일이 뭐가 있겠냐. 뒤에 싣고 있는 정지안이 데리러 왔어. 조용히 내주면 5프로 떼 줄게."

77번이 경상도 억양의 서울 말투로 대답했다.

"현상금까지 걸렸어? 정진만 그 퇴물한테 정성이 너무 과한데. 나한테 킬러맵 털린 건 알잖아. 개털은 내가 아니라 정진만이야."

"빨갱이 새끼, 말귀 더럽게 못 알아듣네. 난 너희 사정 안 궁금해. 그냥 돈 벌러 나온 거야. 교사자가 정지안 시체에 10억 걸었거든. 5프로 먹을 거야 말 거야?"

10억이라는 거액이 내 가격표로 붙었다. 나를 인질로 삼촌을 협박하려는 게 아니라 시체를 가져가야 현상금을 받는 조건이었다.

“내가 뭐라고 킬러들이 덤벼……. 말도 안 돼. 언니, 이거 또 삼촌 연극 아녜요? 왜, 삼촌 친구 중에 극단 운영하는 변태 아저씨 있잖아요. 나 확 겁줘서 떨어내려고 수작 부리는 거죠? 그죠?”

이 상황이 말이 되려면 그런 가정밖에 없었다.

“아냐. 77번 목소리가 확실해. 머더헬프를 떠나 바빌론과 손잡은 레드코드 중 한 명이고, 오직 돈만 쫓는 철새야. 진만 씨와 재결합했을 리 없어.”

절망적인 대답이었다.

“근데 5천은 너무 짜다. 내가 정지안이 멱따면 10억인데 5천 갖고 되겠어?”

“병신. 입찰받은 놈만 덤빌 수 있어. 30분도 안 됐는데 어중이떠중이 다 붙어서 지금 서울 시내만 100명도 넘게 입찰받았다고. 나 바쁘니까 빨리 비켜주라.”

나를 노리는 자가 100명을 넘어가고 있었다. 그들 대부분은 킬러맵에 등록되지 않은 시민들일 터였고, 적을 분간해낼 능력이 내겐 없었다.

“5천은 적고 1억이면 생각해볼게. 계속 이러고 있으면 렉카 달려오는 거 알지? 아, 렉카 기사도 킬러려나?”

정본이 시간 버느라 흥정을 했다.

"빨갱이 새끼, 오늘따라 유난히 혓바닥 긴 거 보니 너 한 패구나?"

퉁, 퉁, 묵직한 소음이 차량 문 밖에서 내리꽂혔다.

"어디다 총질이야?"

소음은 77번이 문짝에 쏜 총성이었다. 듣고 있던 민혜가 테이블을 밀어내고 바닥에 난 미세한 사각형 틈 사이를 폴더나이프로 들어올렸다. 힘겹게 들썩거리던 사각형은 탈출구였다. 정본의 캠핑카는 철저히 꾸려진 요새였고, 모든 계획이 실패한 경우의 수까지 염두에 두었다.

"차 뒤쪽으로 빠져. 나 기다리지 말고 움직여. 어떻게든 찾아갈 테니 편의점에서 만나자."

민혜가 벤치 뒤에 걸어둔 롱보드를 탈출구 아래에 내려놓았다. 멀리서 구급차인 양 요란하게 사이렌을 울리는 견인차 소리가 들렸다.

"안 비키면 이번 총알은 네 대가리야."

머뭇거릴 시간이 없었다. 나는 양 손바닥으로 바닥을 짚고 내려가 롱보드 위에 엎드렸다. 내가 캠핑카에서 빠져나오자마자 둔탁한 총성과 함께 차창 깨지는 소리가 들렸다. 누군가는 다치거나 죽었을지 몰랐다. 나는 본능이 가리키는 대로 생존을 위해 움직였다. 뜨겁게 달궈진 아스팔트 길을 손바닥으로 밀어내 캠핑카 밑에서 빠져나왔다. 손으로 머리를 감싸고 자세를 낮춘 뒤 인도를 향해 내달렸다. 복작거리는 도로와 달리 인도는 한산했다. 나는 구둣방 뒤로 몸을 숨기고 차도를 내려다봤다. 캠핑카 뒷좌석 문이 열려 있었고, 77번인지 정본인지 알 수 없는 남자의 다리 한 쌍이 비죽 나와 있었다.

민혜가 용케 살아남았길 바라며 나는 내 갈 길을 찾아 움직이기로 했다. 지도 앱이 필요했다. 바지주머니 안에서 핸드폰을 꺼냈다. 상용 아저씨의 핸드폰이 잡혔다. 내 핸드폰은 아마도 보드에 탔을 때 주머니에서 떨어진 모양이었다. 어쩌면 다행일지도 몰랐다. 바빌론은 내 핸드폰의 GPS 신호로 위치를 추적했을 테니, 없는 편이 도주에 용이했다. 상용 아저씨의 핸드폰으로 현재 내가 있는 위치부터 파악했다. 용석기쁨점까지는 도보로 43분 거리였다. 교통카드와 체크카드 모두 핸드폰 앱카드에 들어 있으니 걷는 수밖에 없었다.

"저……, 시간 좀 있으실까요."

지도 앱을 들여다보는 동안 이십 대 후반 남녀가 내게 다가왔다. 희미하게 웃는 입 모양과 달리 멍한 눈빛의 그들이 나를 가두듯 좌우로 버티고 섰다.

"죄송한데 제가 지금 바빠서요."

여자가 남자를 향해 눈짓을 보냈다. 남자는 미소를 잃지 않고 크로스백을 매만지다 재빨리 지퍼를 당겨 열었다. 실전이다. 대낮 거리 한복판에서 소음기 없는 권총을 쓸 수는 없었다. 그간 합기도장와 복싱장에서 배운 기술을 써먹을 순간이었다. 남자의 손목과 팔꿈치를 잡아 뒤로 넘기고 여자의 명치에 스트레이트 펀치를 꽂아야 했다. 그런데 생각처럼 몸이 움직이지 않았다.

"심리학과 대학원생인데 간단한 설문조사 하나만 해주세요."

남자가 질문이 적힌 종이 한 장을 꺼내 내밀었다. 둘의 목적은 포교였다. 나는 그제야 퍼뜩 정신을 차리고 자리를 내뺐다. 생각보다 상황이 나쁘지 않은 걸지도 몰랐다. 이제 놈들이 내 위치 추적을 할 수 없으니 100명이 넘는 실행자들은 캠핑카로 모여들어 허탕을 칠 터였다. 그때 상용 아저씨의 핸드폰이 울렸다. 정진만, 삼촌의 전화였다. 나는 상점 차양 아래로 걸으며 그의 전화를 받았다.

"내가 그렇게 못 미더워?"

쇼핑몰을 버리고 내 뒤를 따른 건 삼촌의 실수였다. 모두가 창고를 비웠을 때 바빌론 일당이 쳐들어오면 우린 알거지가 된다. 하지만 위치 추적도 피했고 일단 위험해 보이는 사람은 없었다. 용석기쁨점에 찾아가 봐야 진상 파악이 될 터였다.

"전방 2시 방향 우비 입은 남자."

삼촌이 묵직하게 목소리를 깔았다. 내 바디캠을 보고 있는 모양이었다. 고개를 들어 그가 가리키는 방향을 보았다. 다이소 우비를 입은 남자가 누군가와 통화를 하며 느릿느릿 걸어왔다.

"더덕 파는 할머니 파라솔을 이용해."

전략일까. 남자는 통화하는 내내 고개를 숙이고 있었다. 나는 서너 걸음 떨어진 가로수 아래 더덕 파는 할머니를 확인했다. 우산이라기엔 크고 파라솔이라기엔 작아 보이는 차양이 눈에 들어왔다. 염불을 외며 더덕을 까는 할머니의 그늘을 낚아챘다. 우비 입은 남자와 나 사이의 거리는 불과 5미터 남짓.

"어라, 미친년이네! 내 우산 내놔."

노여움 가득한 할머니의 목소리와 함께 군용 나이프가 파라솔을 파고들었다. 갈라지는 천 사이로 비릿하게 웃는 남자의 얼굴이 드러났다.

"너 정지안이지?"

삼촌의 예감이 맞았다. 나는 온 힘을 다해 남자의 가슴팍에 우산을 찍어 눌렀다. 그러자 남자가 더덕 바구니로 주저앉았다. 수십 년 더덕을 까던 과도가 남자의 엉덩이를 찔렀다.

"악! 피……, 피 좀 봐요. 119 불러줘요. 119……."

남자는 초짜였다. 그가 엄살을 떠는 동안 나는 내달렸다. 거리의 모든 사람이 용의자였다. 다 먹은 닭꼬치를 들고 서 있는 학생들이 나를 보고 수군거렸다. 예초기를 짊어진 중년, 바라클라바로 얼굴을 가린 퀵서비스 기사, 도심 한복판에서 레이스 장갑 낀 손으로 등산 스틱을 휘두르는 부인까지 모두 위험해 보였다.

인적이 드문 곳을 찾아 골목으로 접어들었다. 거리의 골목은 에어컨 실외기와 흡연자로 가득했다. 나는 숨을 헐떡이며 상용 아저씨의 핸드폰 블루투스를 켜 이어폰과 연결했다. 전화를 끊지 않았는지 삼촌의 숨소리가 이어졌다.

"민혜는 어딨어?"

삼촌이 물었다.

"김정본 캠핑카에서 혼자 탈출했어. 목적지에서 만나기로 했는데, 삼촌도 위치 추적 안 돼?"

삼촌에게 편의점 얘길 꺼낼 뻔했다. 그에게 선두를 빼앗기고 싶지 않았다. 무엇보다 다짜고짜 편의점 아르바이트생인 내 후배에게 총질이라도 할까 겁이 났다.

"한 번도 민혜의 위치를 추적한 적 없어. 늘 각자도생이었지."

"그거 의외네."

삼촌은 일단 한번 꽂히면 지나치다 싶게 과몰입했다. 그러니 가족 몰래 무기와 전차를 사 모으고, 킬러와 스파이, 뒤처리 전문가까지 수집해 핏빛 동산을 꾸릴 수 있었다. 연애라고 다를까.

"지금 네 위치에서 너를 도울 사람이 한 명 있어. 지금 그 골목에서 12시 방향으로 300미터 전진해 작은 길 하나 건너면 정육점이 나올 거야. 지금은 총보다 칼이 유용할 거다."

"정육점에서 뭘 하라고?"

"만나보면 알아. 레드코드 91번이 네 근처에 있어. 빨리 움직여."

겨우 숨 좀 돌리나 했더니, 다시 살기 위해 달려야 했다. 연애에는 젬병이지만 싸움과 싸움꾼 인맥 관리에 유능한 삼촌의 조언을 듣기로 했다. 언덕배기로 한참을 달리다 보니 일방통행 길이 나타났다. 그 길 건너편에 스마일 정육점이 기다리고 있었다.

*

그 시각 캠핑카는 견인차에 끌려 도로에서 사라졌다. 나중에야 알게 됐지만 그때 달려왔던 견인차는 삼촌과 오래 거래해온 옐로코드였다. 일행은 프로답게 캠핑카 안에서 한 구의 시체를 수습했다. 77번으로 알려진 사내였다. 그의 오른손은 한 발의 탄이 사라진 글록을 굳건히 쥐고 있었다. 나이프로 경동맥이 절단돼 사망한 그는 몇 종류의 산을 배합한 용액에 담겨 깨끗이 분해되었다고 들었다.

"민혜 누나는 괜찮은 거겠죠?"

브라더는 캠핑카 밑에서 내 핸드폰과 피 묻은 탄 한 점을 주워들었다. 캠핑카 어디에도 총알이 박힌 자리가 없으니 민혜, 아니면 정본 둘 중 한 명의 몸을 관통했다는 뜻이 되었다.

"넌 씨, 뭐 그런 걱정을 다하고 있냐. 걔가 누구야? 소민혜잖아. 안 괜찮을 리가 없다고."

삼촌이 버럭 성을 내고 다마스에 올랐다. 바디캠에 아주 잠시 주눅 든 미남의 얼굴이 찍혔다.

"사장님, 간첩은 벌써 날랐어요? 조카는요?"

미남의 목소리에 아쉬움이 서렸다.

"김미남 씨, 뭐 하나 물읍시다."

삼촌이 차에 시동을 걸으며 물었다.

"뭐든 말씀하시죠."

"위치 추적 방식 중 가장 최신 기술이 뭡니까? 기무사에 있었다며? 누구보다 첩보에 빠삭할 테니 썰 좀 풀어봐요."

훗날 삼촌의 고백에 따르면, 그는 내 핸드폰을 본 순간 큰 혼란에 빠졌다고 했다. 그때까지만 해도 바빌론이 내 핸드폰을 해킹해 GPS로 위치를 추적하고 있는 줄 알았기 때문이었다. 핸드폰은 캠핑카 아래 있는데, 수스엔 실시간으로 내 위치 정보가 새로고침되고 있었다. 정확한 위치는 입찰자만 확인할 수 있게 블러 처리되어 삼촌으로선 답답한 노릇이었다. CCTV를 해킹할 수도 있었지만 막대한 분량의 영상 데이터를 분석해 이동 동선을 따는 일은 불가능에 가까웠다. 그의 머리로는 풀 수 없는 문제였다.

"예전에 이런 일이 있었어요. 전방으로 반공 교육하러 다니는 강사가 한 명 있었는데, 그 여자 남편이 탈북자 출신이었죠. 사실 그 타이틀로 강사 자릴 꿰찬 거였는데, 알고 보니 간첩이었답디다. 우리 간부들은 출근할 때 블랙박스에도 다 커버 씌우고, 영내에는 와이파이도 없거든요. 사진 촬영도 안 돼, 인터넷으로 파일 다운로드 같은 것도 안 되는데 뭘로 정보를 긁어모았는지 도통 알 수가 없더라고요. 여하튼 나중에 그 사람 왼쪽 팔뚝 피부 아래에서 GPS 송신기랑 녹음기가 나왔어요. 얼마나 사이즈가 작았냐 하면 딱 밥풀 반 개만 합디다. 그보다 더 기발한 건 아직 못 봤어요."

중간에 조수석에 합류한 브라더가 실소를 터트렸다.

"그건 말도 안 돼요. 외계인을 데려다 고문을 했으면 몰라도 어떻게 밥풀떼기만 한 GPS와 녹음기가 있어요? 뻥카도 적당히 날리셔야지."

브라더는 믿지 않았다.

"얀마, 너 미필이지? 육군 원사가 그런 흰소리를 왜 해? 딱 너 같은 놈들이 군대 와서 부적응하고 캠프 들어가는 도움용사 스타일이야. 거기서도 얌전히 있기나 하는 줄 알아? 부사관들 들들 볶고 염병천병 해가면서 현역 부적합 판정 받으려는 악질이지."

미남과 브라더의 합은 그리 좋지 않았다.

"어이가 없네. 형님, 왜 가만히 있어요? 지금 우리 미필이라고 조롱하잖아요."

생각에 골몰한 삼촌은 대답하지 않았다. 그는 미남의 말이 허황된 뻥카는 아니라고 생각했다. 세상이 굴러가게 멱살 잡고 걸어가는 건 소수의 천재들인데, 그들이 꼭 선한 영향력만 발휘하는 건 아니기 때문이었다. 가난한 형제 국가에서 이미 상용화된 첩보 기술이라면 바빌론이 놓칠 리 없었다.

"브라더, 너 어떻게든 수스에서 정지안 살해 요청 입찰 받아. 지안이 위치도 알아야 하고, 놈들이 무슨 정보를 주고받는지 읽으며 움직이자."

삼촌은 내 바디캠 영상으로 위치를 파악한 뒤 차를 움직이기 시작했다.

"근데 형님, 전자지갑 인증까지 하면 우리 정체 다 들통나요."

브라더의 말에 삼촌이 엄지손가락을 치켜들어 뒷좌석에 앉은 미남을 가리켰다.

"이 기회에 전자지갑도 하나 만드시고, 부업도 하는 게 어때요? 잘하면 떡값보다 쏠쏠할 거 같은데."

무시할 수 없는 삼촌의 요청에 미남의 낯빛이 창백해졌다. 그는 지독히도 운 없는 하루를 보내고 있었다. 아침부터 수면 가스에 기절하고, 최루탄 공격과 살해 위협까지 받았다. 게다가 인질이 된 지금은 선택의 여지가 없었다.

"개인정보 예민한 시기에 하필……. 거 잠깐 기다려 봐요. 이름이랑 주민번호 들어가는 거 아니죠?"

미남이 구시렁거리며 핸드폰을 만졌다. 삼촌의 바디캠에 룸미러가 찍혔다. 그의 시선이 뒷좌석 미남을 빠르게 훑었다.

*

스마일 정육점 출입문엔 지독한 악필로 적은 휴업 안내

장이 붙어 있었다. 등 뒤에서 빠르게 따라붙는 발걸음이 느껴졌다. 삼촌이 경고한 91번일 터였다. 아스팔트 바닥을 둔탁하게 밀어내는 소음으로 짐작해볼 때 밑창이 두툼한 군용 워커를 신은 거구일 터였다. 손을 허리 뒤춤으로 돌려 권총을 잡았다. 상대도 권총을 쥐고 있다면 이미 때를 놓쳤을지도 몰랐다. 하지만 죽더라도 놈의 비열한 얼굴은 확인하고 싶었다. 권총을 뽑아 몸을 돌리던 그때, 정육점 문이 열렸다. 가죽 앞치마를 걸친 오십 대 여자가 내 팔을 우악스럽게 잡아당겨 끌어들인 뒤 누군가를 발로 걷어찼다. 곧게 뻗은 냉장고 바지가 찰랑거렸다.

"여기가 어디라고 기어들어 와."

여자는 야멸차게 문을 닫았다.

"갑자기…… 죄송합니다."

"아니, 밖에 저 친구 얘기야. 코드 91번. 재가 올봄까진 진짜 착실한 킬러였거든. 옷도 학교 선생처럼 우와기에 샤쓰 딱 입고, 머리도 야물딱지게 하나로 쫌매고 다니던 앤데, 그놈의 바빌론이 젊은 애들을 다 망그러뜨렸어. 속상해, 진짜."

여자가 까치발로 키를 돋워 출입문을 잠갔다. 유리문 너머로 91번의 모습이 보였다. 통굽 워커를 제외하면 모든 게 내 예상과 어긋났다. 그녀는 노란 염색모에 갸루풍의

화장을 한 삼십 대 여자였다.

"도와주셔서 감사합니다."

공손히 인사를 하고 여자의 얼굴을 바라봤다. 작은 키에 보라색 두건을 쓴 그녀는 언뜻 인자한 인상의 중년이었지만 낯빛이 거뭇하고, 눈가가 퀭했다.

"머리는 항암 중이라 이래. 유방암 3기. 원랜 명일날도 안 쉬는 가겐데 방사선치료 받고는 한 보름 가게를 닫았지 뭐야. 이 나이에 암이 대수도 아니지만."

매주 수요일은 소 잡는 날! 육회, 육사시미 OK라 적은 화이트보드, 남매로 보이는 유치원생 졸업 액자 두 개, 마그네틱 쿠폰과 식육처리가공기사 자격증으로 한쪽 벽이 복작하게 꾸며져 있었다. 자격증에 적힌 이름은 심은옥. 엄마가 살아 있다면 비슷한 또래였을 것 같았다.

"난 총 같은 건 다룰 줄 몰라. 딱 한 번 쏴보긴 했는데 진짜 내 스타일 아니더라. 실력이고 나발이고 할 거 없이, 먼저 당긴 놈이 이기잖아. 너무 시끄러운데다 싱거워서 그냥 그렇더라. 나는 칼만 잡아."

은옥은 냉장창고 앞에 서서 나를 손짓으로 불렀다.

"한번 실습은 해보고 가야지. 어서 와."

주춤주춤 그녀가 부르는 창고 앞으로 다가섰다. 손잡이를 돌리자 동물의 지방과 피 그리고 내장의 냄새가 퀴퀴하게 쏟아졌다. 녹색 팔레트 위에 행거 형태의 철제 구조물과 거기 걸린 거대한 동물의 사체가 보였다. 은옥이 긴 막대로 핑크색 고깃덩어리 하나를 내려 내 허리 높이 정도의 큰 작업대 위에 올렸다. 적게 잡아도 30킬로그램은 되어 보이는데 이마에 핏줄 하나 서지 않고 옮기는 솜씨가 놀랍기만 했다.

"소보단 돼지가 인간하고 살성이 비슷해."

은옥은 가죽 앞치마 주머니에서 5센티미터가 될까 말까 한 칼 석 자루를 꺼내 늘어놓았다. 삼촌의 쇼핑몰 창고에도 나이프는 많았다. 각국의 군용 나이프와 장인의 손으로 탄생한 고가의 명검들이었다. 그러나 은옥의 칼은 하나같이 플라스틱 손잡이였고, 길이에 비해 날이 비정상적으로 작아 보였다.

"뼈칼이야. 고기에서 살 발라낼 때 쓰는 건데, 매일 갈다 보니까 이렇게 짧아졌지. 그래도 이 길이가 딱 좋아. 사람 피부에서 심장이나 폐까지 거리가 4센티미터 될랑말랑이거든. 얘들 우습게 보여도 끝까지 밀어 넣기만 하면 무조건이다."

은옥이 내 손에 빨간 손잡이 새김칼을 쥐어주었다.

"저 칼은 처음 잡아 봐요."

더럭 겁이 났다. 칼은 총과 달리 선뜩한 살기를 품고 있었다.

“요즘 딸들이 이렇다니까! 우리 딸도 내가 까주지 않으면 사과, 배 같은 거 일절 안 먹어. 겁난다고 손끝에만 힘주고 밀면 손가락이 안으로 꺾여서 떨어뜨리게 돼 있어. 그러니까 힘을 고르게 주고 말아 쥐는 거야.”

은옥이 내 손등 위로 손을 덮어 자세를 교정해주었다. 엄지와 검지가 겹치지 않게 쥐고 손목이 흔들리지 않도록 팔꿈치와 칼이 일직선이 되어야 한다고 설명했다.

“쇄골 위 경동맥이 제일 간단한데, 자기나 나나 남자 상대하기엔 키가 작잖아. 그럼 어디를 공략해야 하냐면 대동맥이야. 빗장뼈 딱 끝나는 자리, 그러니까 명치를 노려야 해. 겁난다고 찔끔 찔러보고 뽑으면 볼장 다 보는 거야. 칼자루까지 집어넣을 기세로 밀어붙여. 그리고 반 바퀴 돌려서 뽑는 거야. 안 그럼 잘 안 뽑히거든.”

은옥이 내 손을 잡은 채 팔을 쭉 뻗었다. 작지만 단단한 몸이었다. 칼은 팔꿈치가 휘거나 손목이 접히지 않은 채 분홍색 살코기를 파고들었다.

“제대로 들어갔는지 아닌지는 어떻게 알아요?”

“숨소리가 달라져. 주요 장기를 피해 찔리면 헉헉대고 숨을 몰아쉬고, 급소에 제대로 꽂히면 외려 사람이 나른하게 처지지. 몸이 아는 거야. 이제 죽는구나, 그만 발버둥

쳐야겠다."

나는 은옥의 코치대로 칼을 반 바퀴 돌려 뽑아냈다. 살코기는 매끄러운 부채꼴 모양으로 벌어졌다. 칼이 들어갔다 나온 궤적 그대로였다. 총과 달리 칼은 정직했다. 요란한 발사음도 없고, 믹서처럼 내장을 휘젓고 몸을 관통해 커다란 구멍을 남기지도 않았다. 그저 내 힘이 허락하는 만큼만 공격할 수 있고, 실패한 순간 빼앗기면 내 칼에 내가 죽어도 이상하지 않은 데스 매치 도구였다. 두려움과 환희에 피부를 덮은 잔털이 곤두섰다.

"재능이 있는 편이네. 체구는 작아도 뼈마디가 굵고 뱃심도 좋다. 운동하나 봐?"

분홍색 롱패딩 같은 살코기를 행거에 걸고 은옥이 기분 좋게 웃었다. 다시 정육점으로 돌아온 그녀는 칼 한 자루를 가죽 주머니에 넣어 복대처럼 허리에 채워주었다. 그러고는 감자 두 알을 물에 적신 신문지에 감싸 전자레인지에 익혔다.

"사장님도 레드코드이신 거죠?"

은옥이 포실하게 익은 감자를 건넸다. 이 와중에도 배가 고파 뜨거운 감자를 훌훌 불어 입에 넣었다.

"난 코드 그런 건 몰라. 사실 킬러라는 말도 너무 숭해서 입에 올리기 싫고. 근데 진만 씨한테 신세진 게 있어서 언제가 됐든 갚을 생각이었지."

삼촌은 피라미드 회사 다이아몬드급의 인맥을 갖고 있었다. 은옥도 그중 하나였다. 그녀가 두 아이의 대학 등록금으로 허덕일 때, 삼촌이 도움을 주었다고 했다. 초야의 고수로 소문난 은옥을 찾아온 그는 레드코드에게 도검 연수를 해주는 조건으로 생계를 지원했다. 정작 그녀에게 연수를 받은 레드코드는 민혜 한 명뿐이었다.

"공돈 받기 미안해서 관두겠대도 등록금 시즌 되면 따박따박 입금을 해줬어. 염치없게도 진만 씨 덕을 참 많이 봤지. 요 근래엔 매주 화요일마다 들러서 고기도 사갔어. 하여간 꼬장꼬장해서 백 원도 못 깎아주게 하더라니까."

마지막으로 한입에 욱여넣은 감자를 씹지 못하고 꿀떡 삼켰다. 고향 시내에도 정육점은 흔했다. 80킬로미터나 떨어진 서울까지 운전을 하고 와서 고기를 샀다는 게 부자연스러웠다. 이 근처에 뭔가 볼일이 있다는 의미였다.

"다른 용건 없이 고기만 사갔어요?"

"왜 없겠어. 사실 내가……."

할 말이 장황한지 은옥이 쇼케이스 뒤로 넘어가 빨간색 플라스틱 의자를 들고 왔다.

"정지안, 그만 일어나."

이어폰에서 삼촌 목소리가 들렸다. 그는 내게 뭔가를 숨기고 있었다. 오래 시간과 공간을 나누어 쓴 가족만이 알 수 있는 거북한 숨결이 수화기를 타 넘었다.

"수상하게 왜 이래?"

"정육점도 안전하지 않아. 바빌론이 네 몸 어딘가에 쌀알 크기의 GPS를 심어놨고, 신호를 따라 실행자들이 몰려들고 있어. 머더헬프 레드코드들이 나서도 수 싸움에서 밀려. 심 여사님한테 폐 끼치지 말고, 지금 나와."

삼촌이 내게 뭔가를 숨기는 건 확실했다. 하지만 바빌론의 실행자들이 몰려든다는 것 또한 급조한 핑계는 아닌 것 같았다. 핸드폰 없이 한참을 걸었는데 91번이 따라붙은 걸 보면 설득력이 있었다. 선수 시합 준비를 하며 자잘한 상처가 늘었고, 여러 사람이 돌아가며 드레싱을 해주었다. 그들 중 바빌론의 하수인이 있었다면 얼마든지 가능한 일이었다.

"늑장 부린다고 뭐라 하는구나? 남자들은 고 잠깐을 못 기다려준다니까. 식당에서 밥을 먹어도 후다닥 지들 배만 채우면 벌써 밖에 나가 담배들 태우고 있잖아. 조카 불안하게끔……."

은옥이 안쓰럽단 얼굴로 내 팔을 주물주물 매만졌다.

"나중에 또 들를게요. 항암 잘 받고 쾌차하세요."

나는 꾸벅 인사를 하고 출입구로 향했다. 따라 나온 은옥이 내 호주머니에 오만 원짜리 두 장을 재빠르게 집어 넣었다.

"돈은 왜 주세요."

"그냥 이뻐서."

은옥이 가죽 앞치마에 두 손을 넣고 나를 배웅했다. 굶주린 맹수만 어슬렁거리는 정글에서 좀처럼 만나기 힘든 유대류였다. 그녀가 정육점 문을 닫자, 가볍지만 맹렬한 발소리가 좌우 상가 골목에서 우레를 쳤다. 돌아보니 예상대로 두 명의 실행자가 나를 노리고 있었다. 가짜임이 틀림없는 경찰 신분증을 든 중년 사내, 계절에 어울리지 않는 가죽점퍼 차림의 젊은 남자가 자루 짧은 해머를 쥐고 나를 향해 전력 질주했다.

"살아남아라, 정지안."

삼촌의 목소리가 비장했다. 골목을 등지고 큰길로 내달렸다. 내 뒤를 쫓는 발소리가 늘어갔다. 실행자들이 서로를 견제하며 고함을 쳤다. 여차하면 차에 뛰어들어 부상을 입는 게 유리한 상황이었다. 내 뒤통수를 겨냥했을 해머가 조준에 실패해 가볍게 어깨를 치고 떨어졌다. 담배 냄새와 땀내, 향수 냄새가 섞인 남자의 손이 내 티셔츠 자락을 잡고 늘어졌다.

걸음이 느려지면 생존 확률도 떨어진다. 하지만 편의점

이 있는 용석동 방향은 오르막이었다. 숨이 턱까지 차올라 가슴이 빠개질 듯 아프고 다리에 힘이 풀렸다. 그러다 툭 튀어나온 보도블록에 발이 걸려 처참하게 고꾸라졌다. 씨근거리는 남자가 나를 내려다보았다.

"정지안, 그런 일로 이사를 가자니 말이 돼? 때로는 말야, 위치가 무기일 때도 있는 거야."

접어두었던 기억 하나가 떠올랐다. 초등학교 4학년, 아마도 이맘때였던 것 같다. 나는 사총사라고 불리던 친구 무리의 일원이었다. 원래 나까지 삼총사였는데, 전학생이 생기며 어영부영 사총사가 된 게 문제였다. 외딴집에 사는 아이는 나 혼자였고 나머지는 시내의 아파트 단지 이웃사촌들이었다. 자연히 아침저녁으로 만나고 학교에서도 뒤엉키는 셋이 더 친해질 수밖에 없었다. 그러다 나를 뺀 세 아이가 한 집에 모여 파자마 파티를 연 걸 알게 되었다. 억지로 참은 눈물이 집에 오자마자 터졌다. 무작정 시내로 이사를 가자고 발을 굴렀다.

"무기? 마을버스도 안 다니는 깡촌에 사는 게 무슨 무기야? 말도 안 되는 소리 그만하고 우리도 시내로 이사 가자. 내 소원이야, 삼촌."

머리를 땋거나 묶을 줄 모르는 삼촌 탓에 초등학교 내내 똑단발을 벗어나지 못했다. 옷은 늘 한 치수 커서 팔과 어깨가 흘러내렸고, 비나 눈이 많이 온 날은 트럭이 움직이지 못해 1시간 거리를 걸어 등교했다. 혼자 씻는 법을 제대로 배우지 못해 목둘레엔 까만 때가 앉기도 했다. 어느 순간 내게 말을 붙이는 아이들이 줄어갔고, 의리로 버텨주던 사촌사도 멀어졌다.

"잘 생각해봐, 정지안. 너 좀비 알지? 살아 움직이는 시체들 말야. 세상에서 그게 제일 무섭다며? 사실 나도 그렇거든. 만약에 우리 마을에 좀비가 나타나면 누가 가장 오래 살아남을까?"

삼촌은 스며들 듯 내 침대에 누워 돌아누운 내 머리 밑으로 팔을 밀어 넣었다.

"우린 발전기도 있고 식량도 충분해. 창고 안엔 엄청난 무기가 가득하지. 시골구석에 사람이 살 거라는 생각도 못할 테지만, 약삭빠른 좀비가 들이닥쳐도 걱정 없어. 고무호스로 후려패고, 손도끼로 내리치고, 트럭으로 도망치면 안전하잖아."

"재미없어."

그땐 정말 우리 집 창고 안에 엄청난 무기가 가득한 줄 몰랐고, 삼촌이 살인귀들의 수장일 줄도 몰랐지만, 매번 그의 이상한 수작은 내 마음을 누그러뜨렸다.

"재밌으라고 하는 얘기 아냐. 언제든 자기가 선 위치를 무기로 써야 해. 물에 빠지면 물귀신처럼 상대를 물로 잡아당기고, 벼랑 끝에 서면 달려들게 도발하고 옆으로 빠지는 거지. 잊지 마. 위치를 이용해야 한다는걸."

넘어지며 바디캠이 부서졌다. 깨진 렌즈가 손바닥에 배겼다. 이어폰도 빠지는 바람에 삼촌의 목소리는 들리지 않았다. 하지만 수년 전 삼촌이 해준 이야기는 또렷했다. 내가 지금 누운 곳은 30도 경사각의 끄트머리였다. 그 얘긴 남자가 중심을 잃는 순간 뒤로 나자빠질 수 있는 위치란 뜻이었다. 피식 웃으며 나이프를 꺼내는 남자의 가슴팍을 두 발로 걷어찼다. 예상치 못한 공격에 남자는 엉덩방아를 찧고도 몇 바퀴를 굴러 내려갔다. 가짜 경찰이 경중 뛰어 남자를 피하고 필사적으로 걸어왔다. 피할 생각은 없었다. 나는 허리 뒤춤에서 권총을 꺼냈다. 여기서 가짜 경찰까지와의 거리는 10미터쯤 되었다. 아직 명중률이 높지 않은 내겐 모험이었다. 그래도 한 발만 발사하면 뒤따르는 얼치기들도 꽁무니를 잡아 뺄 것 같았다. 총을 단단히 쥐고 놈의 가슴을 겨냥했다. 불규칙한 숨소리가 점점 가까워졌다.

"아, 멍청한 년. 나 진짜 경찰이야."

가짜 경찰, 아니 알고 보니 썩어빠진 진짜 경찰이 권총을 빼들고 자세를 낮췄다. 그의 재빠른 움직임 탓에 조준점이 자꾸 어긋났다. 마른 침조차 나오지 않아 넘길 것이 없었다.

그때 묵직한 오토바이 배기음이 들려왔다. 헬멧으로 얼굴을 가린 하와이안 셔츠 차림의 누군가가 야구 배트로 경찰의 얼굴을 갈겼다. 쩍, 하는 소리와 함께 나자빠진 경찰의 머리에서 철철 검붉은 피가 흘렀다. 헬멧은 경찰 뒤를 쫓던 세 명의 실행자들까지 깔끔하게 두개골을 박살낸 뒤 유유히 일방통행로로 빠져나갔다. 삼촌과 같은 옷, 같은 체형이지만 벌써 도착했을 리 없었다. 레드코드 중 한 명일 거라고 짐작되는 사람이었다.

끔찍한 광경을 뒤로하고 나는 편의점을 향해 다시 걸었다. 비로소 내리막길이 시작되었다. 익숙한 거리가 내려다 보였다. 상가 거리에서 주택가로 이어지는 골목에 굿데이 편의점 용석기쁨점이 있었다. 저 안에 알렉스가 있다면 나는 적진에 홀로 입성하는 셈이었다. 새김칼과 권총 한 자루가 전부인 풋내기가 살아 돌아올 확률은 얼마나 될까.

"정지안, 방금 무슨 일이야? 안 되겠다, 아무 가게라도 들어가 있어. 내가 금방 데리러 갈게. GPS 제거하고 집으로 가자."

이어폰을 귀에 꽂자마자 삼촌의 놀란 목소리가 들렸다.

이렇게 조급하게 보채는 게 수상했다. 1년 전 그는 천연덕스럽게 내 앞에서 시체를 연기했다. 나 홀로 쇼핑몰 창고에서 바빌론의 하수인 정민과 대치했을 때도 침묵을 지켰다. 지금 삼촌의 반응은 여느 상황과 분명 달랐다.

"삼촌은 비밀이 너무 많아. 어려서부터 늘 나를 속여 왔고, 아마 지금도 그런 상황이겠지. 찜찜한 게 너무 많다고."

굿데이 편의점 앞에 배송 트럭과 큼직한 배낭을 멘 여자가 서 있었다. 햇빛에 반사되는 안경, 가녀린 실루엣의 민혜였다. 그녀가 손 그늘을 만들어 내 쪽을 올려다보았다. 총알이 관통했는지 한쪽 팔뚝 살점이 뚝 떨어져 나간 게 보였다.

"뭐가 찜찜하다는 거야? 김미남은 진짜 떡집 사장인 게 확실해졌고, 방금 민혜도 픽업해서 그리로 가고 있어. 독단적으로 움직이지 마. 놈들이 네 위치를 손바닥처럼……."

삼촌의 거짓말을 더 참고 들을 수가 없었다.

"죽든 살든 내가 결정해."

나는 귀에서 이어폰을 뽑아 바닥에 내던졌다. 새김칼을 들어 아물기 시작한 손등의 상처를 꾹 눌렀다. 잘 벼린 칼날은 여린 살을 가볍게 베어냈다. 맑은 피가 주르륵 흐르는 살갗을 엄지와 검지로 꾹 짰다. 쌀알 크기의 이물질은 나오지 않았다. 몇 주 전에 피어싱을 했을 때 들어간 걸까.

아니면 찢어진 이마를 드레싱해준 관장의 소행일까. 어쩌면 독감 접종을 하러 간 병원에서 삽입했을지도 몰랐다.

'지안아, 그거 아니잖아. 잘 생각해 봐. 살갗엔 없어. 그리고 지금, 조심해!'

다나의 목소리가 환청으로 다가왔다 멀어졌다.

퍼뜩 고개를 들자 오토바이 배기음이 들렸다. 아까 나를 도왔던 레드코드인 것 같았다. 그가 돌아왔단 건 근처에 새로운 실행자가 있다는 의미였다. 모공이 조여드는 살기가 뒤통수에서 느껴졌다. 몸을 돌려 레드코드를 바라보았다. 그가 야구 배트를 치켜들고 인도에 바짝 붙어 달렸다. 순간, 샌드백에 주먹이 꽂힐 때처럼 가벼운 타격음과 함께 레드코드가 배트를 놓쳤다.

경험상 이 타격음은 소음기 단 권총에서 난 총성이었다. 실행자 중 한 명이 겁 없이 총을 꺼내든 것이리라. 레드코드는 몇 미터 가지 못해 달리는 오토바이에서 떨어졌다. 자세를 낮추고 가로수에 몸을 바짝 붙였다. 극도의 두려움이 비명마저 틀어막았다.

"괜찮은 거지?"

수상하리만치 평온한 민혜의 목소리였다. 오토바이에서 떨어진 남자에게서 헬멧이 벗겨졌다. 삼촌과 엇비슷한 체구의 대머리 남자였다. 같은 옷에 비슷한 몽타주를 가진 사람이 내 앞에서 죽어갔다. 레드코드 중 한 명이 가짜 삼촌 흉내를 내서 알렉스를 긴장하게 하려는 계획일지 몰랐다.

멀리서 경찰차 사이렌이 울렸다. 상가가 즐비한 거리에서 칼과 총을 든 사내들이 죽어 나자빠졌으니 누군가 신고를 했을 터였다. 허리춤엔 총을 꽂고 손엔 칼을 들고 피까지 흘리고 있으니 거동이 수상한 건 나도 마찬가지였다.

"진짜 경찰차 아냐, 내가 옐로코드 호출했어."

민혜가 내 옆으로 다가와 가로수에 등을 기댔다. 방금 수업을 마치고 나온 기술가정 교사 같은 그녀가 탄약 내 나는 손을 털었다.

"……왜 레드코드를 쐈어요?"

민혜가 삼촌을 배신한 걸까. 아닐 거라 믿고 싶었다. 그녀와 삼촌의 관계는 썽둥 베어내기 힘든 연민과 애증의 집합체였다.

"오토바이 저 친구, 우리 쪽 인물이 아냐. 바빌론 똘마니 같아. 옷차림이며 외모가 진만 씨와 유사한 건 우연이 아닐 거야. 저들의 계획일 수도 있고 진만 씨의 계획일 수도 있겠지."

어느 쪽이든 소름 돋는 전법이었다.

"바빌론 쪽 사람이 저를 구해줄 리 없잖아요."

민혜가 고개를 주억거렸다.

"이상한 일이지. 너는 해치지 않지만 머더헬프 소속 킬러들은 무자비하게 죽이고 있어. 편의점 주변에 살기가 가득해. 접전 중이야."

그녀의 시선이 길 건너 모텔 골목으로 향했다. 앞창이 박살 난 검정색 SUV 차량 운전석에 죽은 사내가 보였다. 목에 올가미를 건 그의 손에 저격용 소총이 들려 있었다. 이번엔 모텔 4층 유리창이 깨지며 가로수에 총알이 박혔다. 유리창을 깬 건 총알이 아니라 덩치 큰 사내의 주먹이었다. 사내의 손아귀에서 저격수의 목이 비틀렸다.

"왜들 이러는 거예요?"

자동차 사이에 섞인 오토바이 석 대가 예사롭지 않았다. 민혜의 손을 잡고 편의점 방향으로 달렸다.

"여기가 던전 입구라는 얘기지. 저들이 뭘 원하는지 접근해보자."

인도 가장자리에서 양산을 쓰고 유모차를 미는 사람의 팔등엔 털이 수북했다. 민혜가 양산을 향해 총구를 겨누자, 왜소한 체구의 남자가 빈 유모차를 내팽개치고 달렸다. 때마침 횡단보도 보행 신호가 바뀌며 한 무리의 사람들이 우리 쪽으로 다가왔다. 엇비슷하게 키가 큰 두 명의 남자가 민혜의 양팔을 하나씩 잡아끌고 갔다. 그녀를 도우려 걸음을 멈춘 순간, 긴 생머리에 크롭티를 입은 여자가 해맑게 웃으며 핸드폰을 들고 다가왔다. 그러고는 내 얼굴을 향해 미스트를 뿌렸다. 후끈한 열감과 동시에 눈물이 쏟아지고 시야가 뿌예졌다. 우리를 둘러싼 모두가 바빌론의 수하였다. 민혜의 고함과 총소리가 뒤섞였다. 그리고 내 관자놀이 가까이 차가운 금속성이 느껴졌다.

위치를 이용하라, 위치가 무기다. 나는 적어도 상대가 어디 서 있는지는 알 수 있었다. 높은 확률로 오른손잡이일 것이고, 내가 90도로 몸을 돌려 팔을 뻗으면 놈의 심장일 터였다. 짧게 숨을 들이마시고 머릿속에 그린 대로 움직였다. 오직 육감으로 상대를 향해 방아쇠를 당겼다. 이내 철퍽, 사람 쓰러지는 소리가 들렸다.

"잘했어."

그사이 일당을 모두 해치운 민혜가 내 팔짱을 끼고 걸음을 재촉했다. 쏟아지는 눈물을 손바닥으로 훑어내자 눈앞이 개기 시작했다. 돌아보자, 사설 구급차에 시신을 싣는 옐로코드의 손길이 바빴다. 이 거리에 킬러가 아닌 사람은 몇이나 될까.

*

나와 연락이 끊긴 직후 삼촌의 표정은 불안 그 자체였

다. 가슴에 달린 바디캠이 앞 유리에 비친 그의 표정을 담아냈다.

"조카가 아주 말을 안 듣네. 맹랑한 구석이 있어. 요즘 애들이 그렇습디다. 내가 이만저만해서 많이 힘드니 마음 좀 헤아려 달라 하면 될 것을, 딱 한 단어로 정리해버려. 그놈의 손절. 부사관들도 똑같아요. 자력이 부족해서 장기 못 붙는 놈들이 꼭 남 탓하고 조직 탓하고, 추노를 하니마니……. 사장님, 속상하시겠다. 다시방 열면 껌 있어요, 껌. 그거라도 씹으셔."

미남은 그야말로 꼰대의 표본이었다. 뒷좌석에 나란히 앉은 브라더의 표정을 보지 않아도 알 것 같았다.

"매칭 완료 떴어요. 현재까지 매칭된 실행자가 1087명이에요. 아마 저 중 1퍼센트는 우리와 손절한 레드코드일 거예요. 메신저 활성화됐는데 열어볼게요."

삼촌이 근심 가득한 얼굴로 뒷좌석을 흘끔거리며 속도를 올렸다.

"입찰자들만 모은 단톡방인데, 누가 영상도 찍어 올렸어요."

브라더가 미남의 핸드폰을 삼촌의 눈높이에 맞춰 들이밀었다.

여자의 목소리가 들려왔고, 긴 생머리와 크롭티가 조금

씩 화면에 나타났다. 내게 미스트를 뿌린 실행자가 녹화해 전송한 영상이었다. 특수 용액에 시야를 잃고 허우적대는 사이 삼십 대 남자가 장난스럽게 웃으며 내 관자놀이에 권총을 겨눴다.

"예쓰!"

내가 남자의 가슴에 총알을 박아 넣는 순간, 다마스 안의 세 남자가 환호했다.

"봤지? 지안이가 이렇게 맹랑하면서도 똘똘하다니까. 손절이나 추노 같은 건 안 하는 애야. 내가 그렇게 키웠으니까."

삼촌의 목소리에 자부심이 흐드러졌다.

"근데 형님, 아까 왜 지안이한테 거짓말하셨어요? 민혜 누나 연락 안 되잖아요."

브라더는 삼촌과 나 사이에 늘 중립 기어를 박았다. 먼저 내 편을 드는 일도 없지만, 그렇다고 무작정 삼촌을 믿는 것도 아니었다.

"으른들 하는 일에 콩당콩당 끼어드네. 조카 불안해할까 봐 안심시킨 거잖아. 넌 마, 눈치가 그렇게 없어서 시다 노릇 제대로 하겠냐?"

미남이 끼어들어 거드름을 피웠다.

"지금 정지안, 바빌론 소굴로 납치당하는 중이야. 절대 편의점에 들어가면 안 되는데, 놈들의 계획대로 흘러가고 있어."

사건의 전말을 모두 알게 된 지금으로선 충분히 이해할 수 있는 말이었다. 삼촌은 늘 큰 그림을 그리는 사람이었다. 그때 그의 말은 작은 퍼즐 조각에 불과했지만 충분히 내가 눈치챌 수 있는 힌트이기도 했다.

"잘 이해가 안 돼요."

"그러게, 나도 무슨 말인지 모르겠네."

브라더와 미남이 의아해할 만도 했다. 수스에 살해 요청이 올라온 건 모두에게 뜻밖이었다. 내가 종종 다니던 편의점이 알렉스 김의 은거지라는 사실을 알게 된 것은 우연히 얻어걸린 한 장의 사진 때문인데, 마치 그들은 이 모든 게 미리 짜인 극본처럼 일사천리로 행동했다. 세력도 잃고 단골마저 끊긴 머더헬프에 이토록 정성을 쏟을 이유가 뭘까? 브라더는 그게 몹시도 궁금했다.

"모든 아이가 과자를 주우며 마녀의 숲으로 들어가는 건 아냐. 적어도 정지안은 그런 애가 아니지. 걔를 움직이는 건 항상 확실한 명분이었어. 놈들은 그걸 알아."

삼촌의 기억과 시점에서 본다면 나는 그런 아이였을 것이다.

이모의 이름은 사랑이었다. 원랜 진규라는 남자 이름이었는데, 두 번째 이혼을 하고 법원에서 나오자마자 작명소로 가 가장 핫한 이름을 찾은 게 사랑이었다. 두 살 차이의 엄마와 이모는 놀랍도록 닮은 얼굴에 체격, 목소리를 가졌지만 성격은 판이했다. 이모는 명품 백에 금붙이를 잔뜩 달고 있으면서도 용돈 한 푼 주는 일이 없었고, 볼 때마다 넌 어른 되면 코부터 세우라고 충고했다. 그런데 부모님이 돌아가시고 한 달만에 나를 다시 찾아와서는 세상 서럽게 울음을 터트렸다.

"이봐요, 지안이 삼촌. 아무리 남자라지만 애 머리를 저 꼴로 잘라놓으면 어떡해요. 묶어줄 자신이 없으면 헤어밴드 걸어줘도 되고, 핀 하나만 꽂아줘도 되는 걸 애를 촌년으로 만들어놨어. 지안아, 이모한테 와. 아유, 내 새끼 꼬락서니가 왜 이래."

나는 이모의 새끼도 아닐 뿐더러 머리 모양은 삼촌의 강요만은 아니었다. 한창 내가 좋아하던 아이돌 가수가 초코송이 모양의 단발머리였고, 기왕 엉성하게 묶고 다닐 바엔 단발도 나쁘지 않겠다는 생각에 삼촌과 의견을 모아 잘라놓은 터였다.

"죄송합니다."

머리야 다시 기르면 그만 아니냐고 퍼부을 줄 알았던 삼촌이 두 손을 모으고 앉아 고개 숙였다.

"삼촌 놀죠?"

이모가 나를 부둥켜안고 한심하단 표정으로 삼촌에게 물었다.

"노는 건 아니고 작게작게 일은 합니다. 형이 벌여놓은 농사도 거둬야 하고…… 사업도 하나 구상 중이고."

삼촌이 민혜를 제외한 여자와 말을 섞은 건, 어쩌면 그날이 마지막이었을지도 몰랐다. 잔뜩 주눅 든 그가 자꾸만 때 탄 청바지를 긁었다.

"그게 노는 거예요. 우리가 놀고 있네, 할 때 노는 그거. 그럼 나한테 전화를 해서 애를 보내셨어야지, 자기 욕심 차리자고 붙잡고 있음 어떡해요?"

이모가 눈을 허옇게 치켜들고 구질구질한 살림살이를 훑었다. 바닥에 부려진 내 유치원 가방, 식탁 위에 겹겹이 쌓인 냉동 피자 박스, 먼지와 머리카락이 엉켜 건초처럼 뒹구는 방바닥을 보곤 기겁했다.

"저 욕심 같은 거 없습니다. 부족해 보이실지 몰라도 노력하겠습니다."

삼촌은 결혼을 반대하는 장인 앞에 무릎 꿇은 사위처럼 고개를 조아렸다. 한참 뒤에 알았지만, 아빠에겐 상해사망 시 3억 원이 법정상속인에게 돌아가는 보험이 있었다.

"애 키우는 게 만만해 보여요? 특히나 여자애는 무조건 여자 손에 자라야 하는 거 알잖아요. 몇 년 있으면 지안이도 생리 시작할 거고, 가슴 나올 텐데 삼촌이 그 뒤치다꺼리를 어떻게 해요. 애도 질색하지."

그날의 훈계 덕인지 내게 2차 성징이 나타났을 때, 삼촌은 당황하지 않고 유튜브에서 찾아놓은 동영상을 틀어주긴 했다.

"지안아, 이모랑 성남 가서 살자. 네 방 꾸미느라 이제 온 거야. 침대도 사고, 옷장도 들였어. 다 공주님처럼 하얀 걸로."

이모는 핸드폰 갤러리에서 직접 찍은 내 방 사진을 보여주었다. 분홍색 벽지로 도배한 방은 아담하고 깔끔했다.

"모르는 건 배우고, 못하는 건…… 못할 건 없다는 마음으로 제가 키워보겠습니다."

이모는 삼촌에게 눈길도 주지 않았다.

"이모 집은 아파트라서 엘리베이터도 매일 탈 수 있어. 너 유치원 졸업하면 다닐 학교는 얼마나 크고 오래됐게. 버스 타고 나가면 백화점도 있고, 거기서 조금만 더 가면 롯데월드도 갈 수 있어. 이모랑 짐 챙기러 갈까?"

달콤한 쿠키가 내 앞에 줄을 이어 늘어섰다. 하나씩 집어 먹다 보면 이모가 사는 성남에 도착할 터였다. 수상하고 게으른데다 요리 솜씨도 형편없는 삼촌보다 거기가 나을지 몰랐다. 그런데 나는 이모를 선택할 수는 없었다. 키가 120센티미터도 되지 않는 유치원생이었지만, 삼촌과 한 약속을 내 멋대로 파기하는 건 도리에 어긋난다고 생각했다.

"안 돼요. 내가 삼촌한테 영어 가르쳐줘야 해요. 아침에 영어 단어 한 개씩 써주기로 약속했어요. 삼촌이 영어 단어 500개 외울 때까지는 아무데도 못 가요."

나는 100원 영어학원 강사였다. 매일 아침, 전날 유치원에서 배운 영단어를 삼촌의 수첩에 적어주고 100원을 받았다. 저녁에 삼촌이 단어를 외우면 나는 상으로 냉장고에 하트 모양 스티커를 붙여주었다. 스티커는 이제 고작 스무개 남짓이었고, 삼촌의 영어 실력은 형편없어서 Dog가 개라는 걸 자꾸만 까먹었다.

이모는 얼굴을 붉히고 떠났다. 그 일을 겪은 후, 삼촌은 나를 설득할 때 달콤한 사탕발림 대신 허황된 거짓말이라도 확실한 명분을 만들곤 했다. 이를테면, 좀비 같은.

*

민혜가 배송 트럭 화물칸을 열었다. 바닥에 귀를 붙인

정본이 검지를 입가에 세웠다. 그의 손에 권총이 보였다. 언젠가 삼촌이 가르쳐준 데저트 이글이었다. 권총답지 않게 무겁지만 코끼리도 한 방에 죽일 수 있다는 괴력의 무기였다. 캠핑카에서 77번과 격투를 벌였을 텐데, 그의 얼굴과 손은 깨끗했다. 마치 합을 맞춰 격투 장면을 찍고 난 배우처럼 보이기도 했다. 내 목에 현상금이 걸린 건 정본을 만난 직후였다. 그는 알렉스 김에게 원한이 깊다고 말했지만, 어디까지나 일방적인 주장이었다. 정본에게 돈만큼 강한 명분은 없을 터였다.

한참이나 트럭 바닥에 귀를 붙이고 있던 정본의 눈에서 불꽃이 튀었다. 그는 바닥을 향해 방아쇠를 당겼다. 귀를 틀어막아야 할 정도의 굉음과 함께 강판이 뚫렸다. 그러고도 몇 발의 총을 더 갈겼다. 민혜가 허리를 숙여 트럭 밑을 내려다보았다. 그녀의 시선을 함께 좇았다. 총알이 관통한 구멍에서 진한 핏물이 흘러내렸다.

"또 이 지랄이네. 무슨 놈의 편의점이 맨날 공사 소음이야. 아주 징글징글하다. 망해라!"

주택가 쪽에서 걸걸한 남자의 고함이 들렸다. 평소에도 소음이 잦았다는 의미였다. 그러고 보니 굿데이 편의점이 입점한 건물 앞엔 늘 '공사 중' 팻말이 놓여 있었다. 골조가 다 드러난 2, 3, 4층과 녹색 안전망을 올려다보았다. 1년

가까이 진척이 없는데, 한 번도 이상하다는 생각을 해본 적이 없었다.

"언니, 김정본 저 사람 만나고 일이 계속 꼬인단 생각 안 들어요?"

정본은 단도를 꺼내 화물칸에 실은 상자들을 찔러보느라 바빴다. 나는 민혜를 끌고 몇 걸음 떨어진 파라솔로 향했다.

"의심이 안 가는 건 아냐. 우리가 알렉스 김의 사진을 보여주자마자 바빌론이 움직였으니까. 마치 그 순간을 기다린 것처럼 말이야. 캠핑카에서 탈출하며 고민해봤는데, 김정본은 아마 원샷인 것 같아."

"원샷? 그게 뭐예요?"

"한 발의 총알. 자신도 모르게 범죄에 가담하고 버려지는 엑스트라지. 김정본이 알렉스에게 원한이 깊은 건 사실일 거야. 혼자 힘으론 대항할 엄두가 안 났겠지. 머더헬프를 해킹한 것도 우리가 바빌론에 대한 정보를 더 많이 갖고 있을 거란 기대 심리가 있어서 그랬을 거야. 근데 까보니 별거 없어 실망했을지도 모르고. 어쨌거나 자금과 무기가 바닥난 상황에서 김정본은 복수를 위해 머더헬프를 끌어들이고 싶었겠지. 예를 들면 정지안의 청부 살해 게시물 같은 거."

민혜의 말대로라면 정본은 엑스트라가 아니었다.

"철두철미하게 계획해 덫을 놨단 건데…… 그럼 원샷이 아니잖아요."

민혜가 호주머니에서 액정이 금 간 핸드폰을 꺼냈다.

"복제 폰이야. 다른 폰이 더 있겠지만 이걸 주로 사용했어. 내가 아무 준비 없이 김정본을 만났을 리 없잖아."

"거기…… 뭐가 있었는데요?"

"김정본은 알렉스의 하수인에게 어설픈 정보를 넘겼어. 그는 단순히 싸움을 붙이는 게 목적이니까 뒷일은 생각 안 했던 거야. 누가 이기든 가장 마지막엔 승자의 등에 칼을 꽂을 속셈이었겠지."

민혜는 메신저 대화 기록을 내게 보여주었다. 멀리서 찍어 해상도 낮은 사진 몇 장과 지번이 생략된 자취방 주소였다. 심지어 자주 이용하는 동선과 이메일 주소 모두 가짜였다. 이런 철두철미한 행동을 보면 머더헬프는 민혜가 운영하는 게 가장 이상적일지도 몰랐다.

"김정본은 바빌론을 얕잡아봤어. 하지만 놈들도 김정본을 믿지 않은 것 같아. 다른 스파이를 동원해 네 뒤를 샅샅이 캐고, 김정본이 의심받기 딱 좋은 상황에 맞춰 구체적 신상을 업로드 했지."

여전히 풀리지 않는 게 있었다. 놈들의 목적이었다. 정본에게 누명을 씌워 그들이 얻으려는 게 무엇인지 알 수 없었다.

"너도 궁금하지? 알렉스의 심리 말야. 놈은 우리가 김정본을 살해하기 바란 걸까?"

민혜가 내 의견을 궁금해한 건 처음이었다. 그녀는 늘 그럴듯한 답을 알고 있었고, 나와 삼촌에게 조언해주었다. 그런 사람에게도 풀리지 않는 문제가 있었다. 그녀가 바라는 정답은 아닐지 몰라도 내 육감이 시키는 답을 내놓아야 할 때였다.

"아닐 거예요. 알렉스가 저에 대해 그렇게 구체적인 정보를 갖고 있으면서 아직 살려둔 건 산 채로 만나야 할 이유가 있다는 거예요. 그래야 이 상황을 설명할 수 있어요. 좀 전에 오토바이 탄 사람이 저를 구해준 것만 봐도, 놈은 우리가 죽지 않길 바라고 있어요."

알렉스 일당은 나를 살해할 기회가 충분했다. 명중률 높은 스나이퍼를 고용했다면 큰 소란 없이 나를 제거했을 터였다. 지금은 계속 겁은 주되 목숨은 붙여놓은 채 나를 편의점으로 끌어당긴다는 느낌이 들었다. 답은 정해져 있고, 나는 그들이 요구하는 공식대로 움직이고 있는 게 아닐까. 내가 만일 공포에 질려 지구대로 뛰어가거나, 가정집 현관문을 두드리는 돌발 상황이 벌어지면, 누군가 뒤통수에 총알을 발사할지도 몰랐다. 그러니 물러설 수도 없고, 물러서서도 안 되는 상황이었다.

"뒷담화 할 거면 좀 안 들리게 하지. 귀머거리 아닌 이상 이 동네 사람들 다 내가 호구인 거 알겠네."

정본이 트럭에서 꺼낸 택배원 조끼를 걸치고 다가왔다. 굿데이 편의점 로고와 디자인이 프린트된 방탄조끼였다.

"토끼몰이야. 사냥개를 풀어 토끼를 골짜기로 몰아넣는 거지. 보나마나 그 아래 덫이 있겠지만…… 토끼가 달래 토끼야? 박차고 나오면 그만이지. 뒤로 물러서긴 너무 늦었으니 각오 단단히 해라."

어느 사이엔가 내게 말을 놓은 정본이 메로나 껍질을 벗겨 한 입 베어 물었다. 그의 말이 옳았다. 덫을 피하기에 우린 너무 깊이 들어와버렸다. 그들이 꽁꽁 숨기는 비밀을 파내고 싶었다. 명분 앞에서 나는 뒷걸음치지 않는 사람이었다. 바빌론과 머더헬프가 지나온 오랜 악연의 결말을 봐야 했다.

"바빌론이 왜 정진만한테 집착하는지 알아? 그러니까 네 삼촌 이라크에 용병으로 갔을 때 얘기."

"아뇨."

늘 그렇듯 삼촌의 과거를 남에게 듣게 되었다. 파라솔 근처로 젊은 커플이 다가오다, 정본의 데저트 이글을 발견하곤 작게 욕설을 지껄이며 도망쳤다. 얼뜨기 실행자들이었다.

“그 나라 무슨 명절이었다지. 민간인 아이들이 바구니 가득 과자랑 초콜릿을 들고 부대를 찾아왔다더군. 그걸 평화유지군과 용병 들에게 나눠주러 다녔는데, 정진만 혼자 느낌이 싸하더래. 인형같이 예쁜 여자애가 정진만한테 다가왔을 때, 폭발음이 들렸대.”

삼촌은 PMC라는 민간 군사 기업의 용병이었다. 그리고 그가 주둔한 이라크의 한 캠프에 열두 명의 꼬마들이 일명 자살 조끼라고 불리는 폭탄을 두르고 나타났다. 꼬마들의 임무는 웃음으로 군인들을 무장해제시키고 유선 기폭장치를 누르는 일이었다. 그날 유일하게 살아남은 아이는 ‘좋은 소식을 전하는 자’라는 뜻의 이름을 가진 바쉬라뿐이었다.

열한 개의 폭탄이 터지며 평화유지군과 용병 들의 시신이 파편으로 흩날렸다. 막사에 있던 군인들이 돌격 소총을 들고 달려 나와 생존자인 바쉬라를 포위했다. 그들 모두 삼촌이 소녀를 사살하기만을 기다렸다. 하지만 삼촌은 이미 죽은 사람들을 위해 아직 살날이 창창한 아이를 살해하고 싶지 않았다.

바쉬라가 이국의 언어로 신을 부르는 동안, 삼촌은 그녀의 생명을 지켰다. 그는 자신의 방탄조끼를 벗어 소녀에게 입힌 뒤 무장한 군인들을 헤치고 마을로 내려갔다. 몇 발의 총이 소녀의 등허리를 맞고 떨어졌다. 삼촌은 프랑스인 선교사 부부에게 자신의 한 달치 봉급을 주고 바쉬라의 난민 신청을 부탁했다. 그 일로 아이 11명과 군인 7명, 용병 16명이 사망했다. 마을에서 돌아온 삼촌은 불가촉천민이 되었다.

"정진만은 그것 때문에 PMC에 단단히 찍혔어. 계약서가 있으니 해고를 못 하는데, 미국에선 자금으로 압박을 하며 임원을 교체했지. 결국 미치광이 자본가들은 정진만 손에 이 데저트 이글 하나만 달랑 쥐어주고 적진으로 등을 떠밀었어. 정진만은 원래 전투가 아니라 장비 병과였는데 말이지. 참수라도 당하길 바랐을 거야."

그럼에도 삼촌은 살아 돌아왔다. 그가 지나온 길에서 흐른 피가 작은 도랑을 만들 만큼 험난한 전투였다. 삼촌의 성과는 어느 미국 장성의 이름을 딴 기념비적인 전투로 탈바꿈했다.

"남은 계약 기간이 종료되고서야 정진만을 포함한 PMC 용병 전체가 방출됐어. 그때 척을 진 용병들이 지금의 바빌론을 설립해 혈전을 벌이는 중이지. 정진만의 일거수일투족이 다 마음에 안 들 거야. 놈들 눈엔 정지안 네가 이라크에서 살아남은 바쉬라로 보이겠지. 어떻게든 잡아 죽이고 싶은데, 그 뒤를 정진만이 가로막고 있으니 기상천외한 전술을 쓰는 걸 거야."

바빌론은 삼촌이 싸고도는 정지안이라는 인물에 대해 오랜 시간 연구하고 정보를 수집했을 터였다. 놈들의 목적은 단순히 정지안 암살이 아니었다. 그랬다면 진작 자취방 인근에 숨어 있다 나를 납치하거나 살해할 수도 있었다. 내 근성과 경쟁심 그리고 고집에 걸맞는 미끼를 던진 거였다. 우리의 홈그라운드에선 승산이 없으니까.

삼촌은 이 모든 걸 알고 움직이는 걸까. 그게 아니라면 내 목숨 하나 날아가는 걸로 끝이 아니다. 중무장한 바빌론의 던전에 삼촌과 레드코드들을 끌어들여 한입에 집어삼키고 아시아를 제패하려는 음모가 숨어 있었다.

삼촌이 은옥의 정육점에 종종 들른 건 굿데이 편의점 때문일지 몰랐다. 겉으로는 태연한 척했지만 내심 놈들을 경계하고 동태를 꾸준히 살펴왔는지도 모른다. 그렇게 생각하고 나자 조금 전 민혜와 합류했다는 거짓말도 납득이 되었다. 이 작고 평범한 편의점이 야수의 아가리인데 겁없이 대가리를 들이미는 게 조바심 났을 법도 했다. 사실대로 툭 터놓고 말하면 될 걸, 삼촌은 중년 남자답게 비장미를 내려놓지 않았다.

"넌 진만 씨가 도착할 때까지 트럭 안에 피신해 있어. 나는 편의점으로 진입할 거야. 분명 진만 씨를 대비한 트랩이 있겠지. 인간 병기든 진짜 폭탄이든 말야. 누군가는 밟아 터트려야 해. 그래야 후발 주자의 성공률이 높아지니까."

민혜가 아랫입술을 앞니로 자근거렸다. 그녀가 이렇게 긴장한 모습은 처음이었다.

"꼭 그렇게 해야 돼요? 삼촌이 언니한테 그만한 가치가 있냐는 얘기죠. 언제든 한번은 전면전을 치러야겠지만, 언니가 발 벗고 나서서 희생할 필요는 없잖아요. 전략을 치밀하게 짜서 다시 와요."

그간 민혜는 여러 번 내 목숨을 구했다. 그녀와 나 사이에는 말로 꺼내놓지 못한 내적 친밀감이 있었다. 삼촌의 구애가 낯 뜨거운 건 그녀가 정진만의 혈육인 나조차도 비호감으로 여길지 모른다는 불안 때문이었다.

"진만 씨한테 고백하고 거절당한 1년이 내 생에 가장 고통스러운 시간이었어. 데이트 앱으로 남자도 만나보고, 이런저런 동호회에서 인맥도 쌓았지. 모두 그 사람보다 잘나고 상냥한 모범 시민인데 터무니없이…… 시시하더라. 제일 황당했던 건, 너무 오랜 시간 뚱뚱한 대머리를 좋아해서 이젠 날씬하고 풍성한 사람이 못생겨 보인다는 거였어. 그러다 문득 이런 생각이 들었지. 그의 연인은 못 되더라도 가장 오래 기억되는 사람이 되고 싶다는. 그를 위해 크게 다치거나 고통스럽게 죽으면 평생 죄책감을 느끼겠지. 그 채무 의식을 이용해서라도 나는 정진만의 마음을 갖고 싶었어."

정본이 낮게 욕설을 지껄이고 아이스크림 막대기를 집어던졌다.

"세상에……."

나도 모르게 입이 떡 벌어졌다. 지금껏 삼촌이 민혜를 짝사랑한 줄만 알았는데 예상이 완전히 어긋났다. 먼저 고백을 한 것도 민혜, 거절당하고 은둔한 것도 민혜, 자신의 생명을 걸고 삼촌의 마음을 얻고 싶은 것도 민혜였다. 나는 벌어진 입을 얼른 닫았다. 고등학교 때 봉사 점수를 채우러 미혼모 쉼터에 간 적이 있었다. 삼촌의 트럭에서 내린 나는 쉼터 마당에 둘러앉아 종이접기를 하는 임신부들을 보고 지금처럼 입을 떡 벌렸다. 다섯 명의 임신부 중 한 명이 내 중학교 동창인 탓이었다. 그때 삼촌이 했던 말이 떠올랐다. 너무 놀란 티 내지 마. 네 반응 때문에 저 친구가 자신의 불행을 깨달을 수도 있거든. 나는 민혜에게 불행의 트리거가 되고 싶지 않았다.

"듣던 중 제일 청승맞은 개소리 소나타구나."

방탄조끼로도 감춰지지 않는 탄탄한 몸과 해끔한 얼굴

의 정본이 삼촌을 질투했다. 그때 편의점 문이 열리며 쓰레받기와 빗자루를 든 후배 서율이 파라솔로 다가왔다.

"정지안, 내가 신호 보내면 화물칸으로 타라."

정본이 낮은 목소리로 빠르게 말하고 먼눈을 팔았다.

"아저씨, 하차 안 하세요?"

한 학년 후배인 그녀는 소위 인싸였다. 웃으면 눈이 사라지는 동그란 얼굴에 노랗게 탈색한 머리, 언제 어디서든 자리만 깔리면 성대모사와 아이돌 안무를 따라할 줄 아는 반죽 좋은 성격 덕에 동기들의 인기를 샀다. 처음엔 그녀를 윽박지르고 족쳐서라도 뭔가를 알아내고 싶었지만, 이제와 곰곰이 생각해보면 놈들에게도 위장색이 필요했다. 평범하고 선량한 여대생. 서율은 자신도 모르게 범죄에 가담한 원샷일 가능성이 높았다.

"미안합니다. 오늘이 첫날이라 적응이 안 돼서. 금방 물건 내려드릴게요."

정본이 서율의 얼굴을 한번 훑고는 트럭으로 향했다. 민혜는 백팩에서 책을 꺼내 들여다보는 시늉을 했다.

"뭐 대단한 잔소리 들었다고 아주 잡아먹을 기세로 보고 가네. 선배, 저 기사님 표정 봤죠?"

파라솔 아래 재떨이를 비우며 서율이 먼저 말을 걸었다.

"미안, 딴생각하느라 못 봤어."

얼버무리며 옷을 당겨 몸에 난 상처를 감췄다.

"기사님, 우리 편의점 창고에선 발소리 죽여주세요. 점주님이 낮에 주무셔서 소리에 민감하시거든요. 물건은 문 앞에 살짝만 내려주세요."

서율이 정본의 뒤통수에 대고 소리를 질렀다. 우리를 참극의 현장으로 초대한 호스트가 잠들었을 리 없다. 손놀림 빠르고 충성심 강한 부하들과 함께 쇼 타임을 기다릴 터였다.

"너희 점주는 어떤 사람이야? 한 번도 본 적이 없네."

내가 묻자 서율이 손바닥을 펼쳐 귓가에 대고 속삭였다.

"보통 또라이가 아니에요. 하루 세 번 가게에 들르는데 묘하게 사이비 종교인 느낌이에요. 꼭 쟁반에 음식을 담아서 보자기로 꽁꽁 싸 묶어 오거든요. 그걸 들고 창고로 들어가서 혼자 먹고 나와요. 중얼중얼 혼잣말하는 소리도 들리고, 자해를 하는지 굿을 하는지 눈이 시퍼렇게 멍들어 나올 때도 있어요. 전임자 말이 창고에 무슨 쪽방이 있댔나 그랬는데, 잘 모르겠어요. 좀 크리피하죠?"

이야기를 듣다 보니 어째 서율도 알렉스의 정체를 모른다는 생각이 들었다.

"엄청 험악하게 생겼어?"

"그건 또 아니에요. 그냥 살찐 중년 아저씬데 인상은 푸근해요. 말도 거의 없고, 페이도 따박따박 잘 줘서 다닐 만한 편이에요. 신기하게 자잘한 물건보다 에어팟이나 담배 매출이 압도적으로 많아서 출납 확인하기도 좋아요."

알렉스는 어째 삼촌과 다를 바 없어 보였다. 매출엔 관심 없고 취미 생활에 몰입해 두문불출하는 중년 사내. 적으로 만났지만, 동호회에서 통성명했다면 둘은 베스트프렌드가 됐을 법했다.

"너네 점주 하와이안 셔츠 좋아하지?"

내 질문에 서율이 박수를 쳤다.

"어머, 맞아요! 요일별로 옷을 지정해 입는다니까요. 그거 너무 이상해."

그가 삼촌을 따라 하거나 삼촌이 그를 따라 했다는 의미였다. 하지만 서율이 사장이라 믿고 있는 자는 조금 전 죽었다. 그녀는 자신의 진짜 보스가 누구인지조차 모르는 눈치였다. 그 정도로 완벽하고 꼼꼼한 자였다.

"넌 올 때마다 근무한다. 쉬는 날도 없어?"

"일요일, 월요일은 쉬어요. 그래야 주말 밤엔 애들하고 클럽 가죠. 혜윤이 아시죠? 걔 남친이 카이스트 다니는데 동기를 모아오기로 했어요."

문득 마음에 잔가시가 배겼다. 가족 상중에 클럽이라니. 묻지 않고는 따끔거려 미칠 지경이었다.

"클럽…… 지난주에도 갔니?"

"그럼요, 그게 유일한 낙인데요."

다나와 서율은 사촌지간이었다. 아무리 애틋한 정이 없어도 사촌 언니가 요절했는데 꾸준히 아르바이트를 나가고, 클럽을 다닌다는 게 상식 밖이었다.

"다나 장례식엔 다녀왔고?"

나는 장례식장 앞에서 다나의 엄마에게 따귀를 맞고 쫓겨나 조문객을 볼 수 없었다.

"무슨 식이요?"

"장례식. 너 다나 사촌이라며. 아무 얘기도 못 들은 거야?"

둘이 사촌지간이라는 얘긴 몇 개월 전 서율이 직접 내게 한 말이었다. '선배님, 2학년 맞으시죠? 우리 사촌 언니도 2학년이에요. 서다나 아세요? 제가 그 언니 이종사촌입니다. 잘 부탁드려요'라고 했던 명랑한 목소리가 생생했다.

"다나 언니가 죽었다고요? 지금 베이징에 어학연수 간 거 아니었어요? 우리 부모님은 아무 말도 안 했는데…… 내가 충격받을까 봐 그런 건가? 왜 죽은 거래요?"

삽시간에 서율의 눈에 눈물이 가득 고였다. 빨갛게 달아오른 귓바퀴, 쉬지 않고 떨리는 어깨와 손. 이건 연기가 아니었다. 다나가, 나의 다나가 죽은 게 아니라면.

"아무래도 내가 메신저 피싱 당한 거 같은데 다나한테

연락 좀 해볼 수 있을까. 괜찮은지 확인만 부탁할게."

나는 지난 주 화요일 아침에 다나의 죽음을 확인했다. 핏기 가신 차가운 피부와 굳은 관절을 내 손으로 주무르고 꼬집고 쓰다듬었다. 몇 번이고 심장에 귀를 대보았지만 박동하지 않았다. 내 상식으로 그녀는 분명 죽었다.

"잠시만요."

서율이 다급히 핸드폰을 만지는 사이, 물건을 하차한 정본이 내게 손짓했다. 이제 그만 화물칸으로 피신하라는 의미였다. 하지만 다나의 죽음을 확인할 때까진 자리를 뜰 수 없었다. 정본의 손짓을 본 민혜가 책을 덮고 의자에서 일어섰다.

"이제 그만 가지."

민혜가 힘주어 내 팔을 잡고 트럭으로 끌었다. 서율은 울먹거리며 핸드폰을 두드렸다.

"언니, 저 뭐 하나만."

나는 팔을 비틀어 민혜의 손을 떨어냈다.

"친구 얘긴 나중에 따로 해. 분위기가 심상치 않아. 도로 공사 인부 복장의 남자들이 네 개 도로를 통제했어. 행인들 모두 우릴 바라보고 있고."

곧 난잡한 총격전이 벌어질지도 몰랐다. 마지못해 트럭에 한쪽 발을 올렸다.

"지안 선배, 울 언니 연락 됐어요. 지금 홍챠오랬나, 무슨 시장이래요. 근데 언니 왜 트럭에 타요?"

서율이 내게 다가와 핸드폰을 건넸다. 메신저엔 액세서리 가게에서 깃털 귀걸이를 귓불에 댄 눈이 큰 여자의 사진이 올라와 있었다. 굽실거리는 긴 파마머리에 아이라인이 짙은 얼굴이었다. 내가 아는 다나와 달랐다. 하지만 사진을 전송한 사람의 이름은 서다나가 확실했다.

"다나……, 언제 중국 들어갔어?"

"올 초에 휴학계 냈는데 몰라요? 10개월 어학연수 갔잖아요."

서율의 외마디 비명 같은 소리에 감각기관들이 무뎌졌다. 목소리가 멀어지고 눈앞이 흐릿해졌으며, 나를 둘러싼 한여름의 뜨거운 공기도 식어갔다. 죽음의 순간 같기도 사랑에 빠진 순간 같기도 했다. 기실 내게 다나는 두 가지 컬러의 리버서블 점퍼 같은 사람이었다. 어둠 속에서 가장 잘 보이는 흰색이었다가 뒤집는 순간 어둠보다 더 짙어지는 검정이 되어버린 게 그녀였다.

마지막 대화에서 그녀는 약속한 시간까지 절대 내가 입은 점퍼를 뒤집어보지 말라고 당부했다. 의심받지 않기 위해선 의심받을 행동을 해선 안 된다는 이유였다. 그리고 약속한 시간이 왔다.

'내가 가짜였다는 걸 확인하면 천천히 기억을 되살려. 그전까진 나를 서다나라고 믿어줘야 해.'

그랬다. 진짜 다나는 여기 없다.

그 사실을 나는 진즉 알고 있었다. 머릿속이 모기향을 피운 것처럼 자욱했다. 그렇게 중요한 정보가 왜 기억에서 지워졌는지는 알 수 없었다. 구체적 진실에 접근하고 싶었지만 멀거니 서서 기억이 돌아오기만 기다릴 수는 없었다. 일단 먼저 해야 할 일은 무고한 희생을 줄이는 거였다. 나는 서율의 팔을 잡아끌어 트럭 화물칸으로 밀어 넣었다.

"선배, 왜 이래요? 좀 놔 봐요. 사람 살려! 도와주세요!"

서율이 비명을 질렀지만 아무도 그녀를 도우러 달려오지 않았다.

"김정본 씨, 이 친구는 바빌론하고 무관해요. 다치지 않게 부탁할게요."

"정지안, 확실하지 않으면 골로 가는 수가 있어. 깔끔하게 그냥 처리하는 게 나아."

정본이 언성을 높였다.

"사람을 죽여서 깔끔해지는 꼴, 나는 본 적이 없어요."

내 목소리에 서릿발이 깃든 걸 알아차린 정본이 짧게 한숨을 쉬었다. 그러곤 서율의 뒷목에 패치 모양의 신경 마취제를 붙였다. 그녀가 의식을 잃고 도시락이 켜켜이 쌓인

상자 위로 쓰러졌다.

"올 초에 내게 서다나라는 이름으로 사람 한 명이 접근했어요. 이 사진하곤 전혀 다른 얼굴이었죠."

나는 정본에게 서율의 핸드폰 속 진짜 다나의 얼굴을 보여주었다. 현재까지 내가 말할 수 있는 건 다나가 가짜였다는 사실 한 가지였다.

"하여튼 나쁜 놈들이 더 부지런하고 꼼꼼하다니까. 누나, 이제 보니 정지안도 원샷이었구만."

민혜가 내 어깨를 토닥거렸다. 헛헛한 마음에 웃음이 비집고 나왔다. 정본의 말대로 나는 원샷이었다. 머더헬프를 털어먹을 좋은 빌미였던 시절이 있었다. 아마도 다나를 만나는 동안 줄곧 그랬을 터였다.

결과만 놓고 보면 나는 진짜 다나를 만난 적이 없었다. 1학년 땐 유행병 때문에 모두가 마스크를 썼고, 수업은 전부 온라인으로 진행됐다. 웹캠을 켜고 수업을 들었지만 대부분의 학생들은 후드티를 뒤집어쓰거나 화면의 초점을 일부러 흐리게 했다. 다나도 그중 한 명이었다. 2학년이 돼서야 오프라인 수업이 재개되었다. 때마침 진짜 다나는 중국으로 어학연수를 떠났고, 가짜 다나가 슬그머니 내 베스트프렌드 자리를 꿰찼으리라. 하지만 가짜 다나는 나를 해치지 않았다.

그녀가 나를 바라보던 눈빛, 목소리, 손길 모든 게 다정하고 다감했다. 비록 바빌론의 하수인으로 접근했지만 나를 진심으로 좋아하게 됐다면. 그녀는 불의의 사고로 죽은 게 아니라 바빌론에게 처형당했을지 몰랐다. 민혜가 얘기한 채무 의식이 나를 짓눌렀다.

나는 눈 뜬 채 다시 꿈을 꿨다. 늘 그랬듯 쾌청한 해변이었고, 다나는 내 새김칼로 석류를 까고 있었다.

"난처하게 만들어서 미안해."

다나의 티셔츠 앞섶에 선홍색 과즙이 피처럼 떨어졌다.

"우리 사이에 진실이 있긴 했어?"

1형 당뇨는 진실일까. 자연치유 신봉자인 엄마는 진짜일까. 그녀 또한 다나처럼 고용된 하수인일 터였다. 나는 다나에 대해 아는 게 없었다.

"당연하지. 정지안, 난 네게 거짓말한 적 없어. 물론 이름을 속인 건 인정. 정말 미안하게 생각해. 하지만 그걸 제외하면 난 언제나 진실만을 얘기했어."

다나가 반으로 쪼갠 석류 한가운데에 새김칼을 꽂았다. 내 얼굴로 과즙이 튀었다.

"이렇게 될 줄 몰랐다고."

다나가 씁쓸하게 웃으며 석류를 베어 물었다. 잇새로 붉은 과즙이 번져갔다. 내 뺨을 쓰다듬던 그녀의 손가락이 입술을 벌리고 들어왔다. 달착지근해야 할 석류 맛 대신 역한 피 맛이 느껴졌다. 미각, 후각 그리고 손끝의 감각까지 모든 게 사실 같은 환상이었다.

"아무 맛도 느껴지지 않아. 죽었으니까 당연한 거겠지. 혈당도 안 오를 거고. 근데 왜 나만 이렇게 된 걸까. 불공평해. 나쁜 놈들은 다 살아 있잖아. 죄책감도 느끼지 않겠지. 지안아, 네가 나 대신 복수해줘. 넌 할 수 있잖아. 사실 날 사랑했잖아."

다나가 석류에 박힌 새김칼을 뽑아 내 손에 쥐어주었다. 그녀의 분노는 정당했다. 나는 과즙으로 끈적거리는 칼을 받아들었다.

"말해줘, 네 진짜 이름."

다나가 해변에서 몸을 일으켰다. 그녀의 등에 붙은 모래가 하얗게 빛났다.

"이름이라…… 하, 뭐였는지 기억이 안 나. 분명 남자 같은 이름이었는데 뭐더라. 창고 안에 있는 사람한테 물어봐줘. 나도 생각이 안 나거든. 지금 안에 들어가면 그 사람 혼자야. 그 사람을 이기려면 이제 진짜 네 기억을 끄집어내야 해. 너무 오래 지웠어. 원래 너로 돌아와, 지안아."

다나가 내 손등에 입을 맞추고 불현듯 바다로 달려갔다. 멀어지는 그녀의 실루엣은 점점 작아지더니 이내 포말 속으로 사라졌다. 나 혼자, 해변에 남았다. 진짜 내 기억이란 게 뭘까. 난 뭘 잊은 걸까. 알렉스를 만나면 깨닫게 될까. 아니, 그저 내 뇌가 만들어낸 환각을 너무 진지하게 받아들이는지도. 하지만 다나의 부탁을 무시할 수 없었다.

"언니, 같이 들어가요. 저 알렉스 김 만나야겠어요."

그녀의 남자 같은 진짜 이름을 알고 싶었다. 어쩌다 바빌론까지 흘러 들어가게 되었는지 궁금했다. 그 애의 짧게 깎은 손톱과 연필심 냄새 같던 체취, 아래 속눈썹에 찔려 늘 충혈되었던 눈, 오래전에 뚫었다 자국만 남았다는 귓불의 피어싱, 조금만 걸어도 뒷목에 맺히던 땀이 생생했다. 내 몸에 상처가 생길 때마다 새로운 번호를 붙여주고 아문 자리엔 입을 맞춰주던 순간까지 거짓일 리 없었다.

"안 돼. 네가 잘못되기라도 하면 진만 씨하고 난 돌이킬 수 없어."

눈 먼 사랑에 빠진 민혜가 정색했다. 예상했던 반응이었다. 나는 권총을 꺼내 내 관자놀이를 겨냥하고 새김칼로 경동맥을 겨누었다.

"총을 빼앗으면 칼로, 칼을 빼앗으면 손으로라도 저지를 거예요. 알렉스를 만나게 해줘요."

검고 또렷한 민혜의 눈동자가 나를 원망하듯 바라봤다.

"둘이 그럴 시간 없어."

정본이 검지를 치켜세워 한창 공사 중인 건물 2층을 가리켰다. 보호구로 무장한 남자 예닐곱 명이 소총으로 우리를 조준하고 있었다.

"편의점에 들어가라고 등 떠밀잖아."

저들은 우리가 편의점에서 멀어지면 방아쇠를 당길 터였다. 살기 위해선 안으로 들어가야 했다. 그제야 민혜가 단념하고 앞장서 편의점 유리문을 밀었다. 나도 총과 칼을 허리춤에 찌르고 뒤를 따랐다. 정본이 바빌론의 하수인을 상대하는 동안 나는 까치발을 해 편의점 문을 잠갔다. 타당타당, 시멘트 바닥에 내리꽂히는 총탄 소리가 요란했다.

"살다보니 내가 남조선 놈들 병풍 서는 날도 오네. 오냐, 못생긴 놈부터 조진다."

정본의 목소리 끝에 비웃음이 맺혔다.

*

다마스가 빠른 속도로 달려와 정본의 트럭을 들이받았다. 그 충격으로 2층 테라스에 빨래처럼 널렸던 6구의 시체가 추락했다. 트럭을 들이받고도 다마스는 멈추지 않았다. 렌치로 액셀러레이터를 괴어놓은 탓이었다. 화물칸엔 브라더와 미남이 납작 엎드려 있었다.

"허이구야, 팔자 도망은 못 가네. 전역을 하고 기어들어 온 데가 전쟁터라니."

브라더의 말에 따르면, 완충재였던 떡 상자를 집어던진 미남의 눈에 퍼런 안광이 돌았다고 했다. 미남은 일사불란하게 전쟁 준비를 했다. 그는 화물칸 바닥에 깔아놓은 파란색 플라스틱 팔레트를 뜯어 방패처럼 들고, 자전거 헬멧을 머리에 뒤집어썼다.

"저는 뭐 없어요? 보호 장구 같은 거요."

브라더의 말에 미남은 침이 튀도록 혀를 찼다.

"없어. 나야 차량 대기조이지만 넌 마, 안으로 진입해야 할 거 아냐? 사장님은 맨몸에 발터 한 자루 들고 싸우는데 혼자 살겠다고 보호 장구를 찾아? 한심한 놈일세."

미남은 화물칸 문을 열고 티셔츠에 슬리퍼 바람인 브라더를 등 떠밀었다.

그 시각, 시가전을 치르는 삼촌의 바디캠은 암흑이었다. 그는 다마스가 도로공사 이름이 붙은 펜스를 돌파한 순간 운전석에서 뛰어내렸다. 그러고는 누군가 뱉어놓은 껌을 바디캠 렌즈에 붙였다. 훗날 살인 장면을 내가 볼까 염려한 탓이었다.

다만 소리까지 막지는 못했다. 그가 방아쇠를 당길 때마다 외마디 비명과 타격음이 터졌다. 윽, 악, 억, 흑, 야, 아,

퓩, 퍽, 팍, 툭, 퉁. 다급한 발소리, 12발의 총알을 사용한 뒤 탄창 갈아 끼우는 소리가 이어졌다. 그러면서도 삼촌은 발소리와 숨소리 외에 작은 신음조차 흘리지 않았다. 삼촌의 전투를 눈으로 목격한 브라더의 말에 따르면, 그는 용석동의 이단 헌트였다. 톰 크루즈라고는 차마 부르지 못한 그 마음을 충분히 이해했다.

삼촌은 도시의 지형과 지물을 잘 이용했다. 달려드는 승용차 운전수를 사살한 뒤 그의 차에 옮겨 타 변압기로 돌진했다. 그러자 용석동 일대에 전기가 끊기며 인근의 CCTV가 송출을 멈췄다. 그는 그야말로 괴력을 발휘해 자동차 앞문을 떼어낸 뒤 그걸 방패 삼아 달렸다. 탄창이 떨어지면 매복해 있던 레드코드가 새것을 던져주었고, 높은 건물에서 날아오는 부메랑과 나이프는 삼촌의 그림자조차 따라잡지 못했다.

마침내 편의점에 다다랐을 때 바이크 석 대가 삼촌을 막아섰다. 그가 방패로 들고 있던 차 문도 우박처럼 쏟아진 총알에 내장재를 쏟아내고 부서졌다. 그러나 삼촌은 당황한 기색 없이 공사장에서 떨어진 시체 한 구를 들어 올려 새로운 방패로 삼았다. 때마침 다마스 밖으로 방출된 브라더의 얼굴에 시체의 살점이 튀어들었다. 얼어붙은 그의 어깨를 단단하고 마른 손이 잡아당겼다. 트럭과 다마스 사이에서 조금 어그러진 편의점 문을 연, 정본이었다.

*

편의점 내부는 늘 드나들던 그곳과 다름없었다. 겨울엔 찐빵 찜통이 돌아가던 매대 위엔 새로 출시된 궐련형 전자 담배 스틱이 전시되어 있었다. 손을 뻗으면 닿을 만한 거리에 껌과 초콜릿, 초코바가 진열되어 있었고, 얼음과 아이스크림이 든 냉동고를 지나자 라면과 과자 진열대가 나왔다. 올 때마다 습관처럼 집어 들던 하리보 젤리에서 시선을 떼어 반사경을 바라보았다. 내부엔 나와 민혜뿐이었다. 그녀는 계산대 안으로 들어가 포스를 눌러댔다. 정전 상태에서 기계가 돌아간다는 건 역시 발전기가 있단 의미였다.

"역시 에어팟 매출이 가장 많아. 오늘만 해도 서른 대가 넘게 팔렸어. 근데 진열된 에어팟은 없네."

에어팟을 편의점에서 사는 사람이 있기야 하겠지만, 흔치는 않을 터였다. 역시 바빌론이 제공하는 유료 서비스 결제용이었다.

"예약 판매라는 항목이 따로 있어. 선결제한 물건을 대화 없이 수령할 수도 있는 거지."

무심한 시선으로 본다면 수상할 게 없는 편의점이었다. 하지만 이곳 어딘가에 실행자들을 위한 진열대가 있다. 알바생인 서율은 편의점의 진면모를 모르는 눈치였다. 그렇다면 직원조차 의심 없이 결제를 하고 물건을 내어줄 수 있는, 물건만 따로 모아놨을 법한 곳을 찾아야 했다.

"언니, 담배 진열장…… 밀거나 당겨 보세요."

내 말에 민혜가 몸을 돌려 빼곡하게 꽂힌 담배 진열장을 흔들었다. 그러자 도서관 책장처럼 레일을 타고 진열장이 밀렸다. 안에는 성인 남자 주먹 크기의 정사각형 상자가 가득했다. 에어팟으로 위장된 물건들이었다. 상자엔 품번처럼 보이는 난수번호가 매겨져 있었다. 민혜가 그중 하나를 열었다. 일회용 인공 누액 케이스가 나왔다. 머더헬프에서도 본 적이 있는 물건이었다. 주로 고농도의 카페인이나 아질산염 같은 독극물을 소분해 판매했다.

"케이스에 우리 쇼핑몰 주소가 적혀 있어."

민혜가 케이스 뚜껑을 비틀어 따고 냄새를 맡았다.

"우리 창고에서 나온 물건이에요?"

"아니. 바빌론이 일부러 우리 쇼핑몰을 노출시킨 거야. 실행자가 검거되면 진만 씨가 덤터기 쓰도록."

다른 상자에 든 물건들 또한 마찬가지였다. 돈은 바빌론이 벌고, 죄는 머더헬프가 감당해야 하는 덫이었다.

"저기……!"

민혜가 음료 냉장고 옆에 난 좁은 문을 턱짓으로 가리켰다. 어둑한 실내에서 유일하게 빛이 새어나오는 곳이었다. 문 앞에 정본이 옮겨 놓은 음료 상자가 그대로였다. 문은 잠겨 있었다.

"후배가 말한 창고예요."

머더헬프처럼 크고 웅장하진 않지만, 야만자들을 위한 백화점이 저 문 너머 있을 터였다.

"안에 몇 명이 어떤 무기를 들고 있는지 알 수 없어. 너랑 내가 가진 건 각자 권총과 칼 한 자루가 전부야."

"혼자일 거예요."

"왜 그렇게 생각해?"

"그냥…… 그런 확신이 생겼어요."

뜬눈으로 꾼 꿈속에서 다나가 말했다. '지금 안에 들어가면 그 사람 혼자야.' 게다가 놈의 목적은 나를 통해 정진만을 끌어들이고 지하 조직원들 앞에서 끔찍하게 살해하려는 것 하나였다. 삼촌이 아닌 자에게 겁먹고 과잉대응하지는 않을 것 같았다. 아, 그런데 다나가 말한 진짜 기억이란 건 대체 뭘까. 풀리지 않았다.

"문은 제가 열게요."

"그렇게 해."

글록을 쏠 순간이 되었다. 나는 삼촌이 누누이 당부한 대로 두 발을 벌리고 자세를 살짝 낮춘 이등변삼각형 자세를 취했다. 그리고 미닫이문의 손잡이를 향해 방아쇠를 당겼다. 명중했지만 문은 한번에 열리지 않았다. 오래된 건물의 허술해 보이는 외형과 달리 마감이 견고했다. 발로 걷어찬 뒤에야 손잡이가 떨어져 나갔다. 천천히 안으로 진입했다. 흰색 철제 수납장 안에 빼곡히 쌓인 물건이며 제때 치우지 않아 한쪽에 쌓인 포장재가 머더헬프의 창고와 다를 바 없었다.

"움직임은 한 사람이 주도해야 해. 내가 엄호할 테니 네가 수색해."

민혜가 창고 밖 매장으로 백팩을 집어던졌다. 그러고는 내 등에 자신의 등을 붙였다. 피부가 후끈하게 달아올랐다. 뜨뜻한 체온과 습기가 내게 전해졌다. 진열장 안에 든 재고를 바닥으로 떨어뜨리며 벽면을 돌아보았다. 회색 페인트를 칠한 시멘트벽이었다. 3면이 진열장이고 천장과 바닥은 막혀 있었다. 어딘가 분명히 출입구가 있을 텐데 도무지 눈에 걸리는 게 없었다.

그러다 문득 창고 안에서 생뚱맞은 물건 하나가 보였다. 미니 냉장고였다. 겨우 50리터는 될까 의심스러운 라면 박스 상자 크기의 냉장고가 과연 누구를 위해 존재하는 걸까. 냉장고 문을 향해 손을 뻗었다. 그와 동시에 임영웅의 〈이제 나만 믿어요〉가 쩌렁쩌렁 울렸다. 보안 시스템이 발동한 걸까. 뒷걸음을 쳤지만 노래 소리는 여전했다.

"네 주머니…… 핸드폰!"

바짝 긴장해 이마에 핏줄이 올라온 민혜가 말했다. 상용 아저씨의 핸드폰 벨소리였다. 얼결에 통화 버튼을 눌렀다. 발신자는 조카 하동우였다. 미남의 신원 조회를 부탁했던 바로 그 부사관이었다.

"나 지금 상황실 복귀했어. 아우, 날씨 푹푹 찐다. 거…… 삼촌이 말한 김미남 주임원사님 말야. 왜 찾는 건진 몰라도 그분 작년에 돌아가셨어. 체력검정 때 3키로 구보 마치고 쓰러졌는데 그렇게 됐지……."

통화 종료 버튼을 눌렀다. 내 직감이 옳았다. 지금 삼촌의 곁에 있는 남자는 김미남이 아니었다. 등에서 요동치는 민혜의 심장박동이 느껴졌다.

"말도 안 돼. 김정본의 데이터베이스에서 분명히 여권과 사진을 확인했잖아……."

민혜가 말끝을 흐리며 탄식했다. 어떻게 신분을 세탁하고 데이터를 위조해 접근한 건지는 알 수 없었다. 지금 편의점 밖엔 수많은 킬러가 밀집해 있지만 가장 위험한 건, 삼촌 곁에 바짝 붙은 한 사람, 떡집 사장이었다. 그리고 우린 물러설 수 없는 곳까지 와 버렸다. 삼촌이 살아 있어도 내가 할 일은 알렉스의 처단이고, 삼촌이 죽었다면 명분은 더 강해진다. 냉장고 문을 열었다. 작은 체구의 여자 한 명이 겨우 들어갈 법한 냉장고 뒤에서 보라색 조명이 쏟아졌다.

*

삼촌은 좀비 영화를 질색했다. 좀비가 무서운 게 아니라, 배고픈 인간들이 거리로 쏟아져 나와 아우성치는 모습이 보기 괴롭다는 이유였다. 그 얘길 들었을 땐 웃어넘겼지만 이제 와 생각해보면 삼촌은 광장공포증을 앓고 있었다. 그는 알렉스만큼이나 매우 오랫동안 쇼핑몰에 은신해왔다. 이따금 시내로 나가 추어탕을 사 먹거나 은옥 같은 지인을 만나기도 했지만, 대로나 광장이라고 부를 수 있는 공간은 피했던 것 같다.

그날 삼촌은 용석동 사거리, 상가와 주택가로 나뉜 대로변에서 수십 명을 상대했다. 누군가는 자동소총을 난사했고 산탄총알이 날아들기도 했다. 아슬아슬하게 급소를 피하긴 했지만 삼촌의 어깨와 허벅지, 옆구리에 세 발의 총알이 스쳤다. 이즈음 바디캠 렌즈에 붙여놓은 껌이 떨어졌다. 정신없이 휘둘리는 화면 속에서 불쑥 손 하나가 나타나 삼촌의 팔을 잡았다. 그의 탄창이 바닥났을 때 생명을 구한 건 정본이었다.

"어지간하게 맞아선 죽지도 않네."

정본은 편의점 출입문으로 삼촌을 업어 날랐다. 미남이 배송 트럭을 바짝 붙여 출입구를 완전히 봉한 뒤 운전석 아래로 숨었다. 입구가 막히자 유리창으로 총알이 빗발쳤다. 악명 높은 알렉스의 요새답게 총알은 튕겨나가거나 유리에 꽂힌 채 잠시 지글거리다 떨어졌다.

"죽을 거 같아."

삼촌의 호흡이 가빴다.

"가죽이 두꺼워 피도 별로 안 나는구만, 죽긴 왜 죽어?"

정본이 반창고 상자를 삼촌에게 던졌다. 브라더가 피로 얼룩진 삼촌의 하와이안 셔츠를 끌어올리고 소독약을 부었다.

"브라더, 비닐봉지 좀 갖다 줘."

삼촌의 말에 반창고 상자를 뜯던 브라더가 계산대 아래로 들어가 비닐봉지 한 장을 뜯어 왔다.

"형님, 토할 거 같아요? 머리를 다쳤나?"

브라더조차 삼촌이 광장공포증을 앓고 있단 걸 몰랐다. 삼촌은 그가 건넨 비닐에 입을 대고 숨을 몰아쉬었다. 이산화탄소가 부족해진 몸에 다시 이산화탄소를 주입해 호흡을 진정시키려는 모양새였다. 삼촌의 공포증은 언제 생겼을까. 이라크의 전장, 주먹세례가 쏟아지는 도박장, 살인자들과의 거래, 혹은 1년 전 나를 잃을 뻔한 순간일지도 몰랐다.

삼촌은 편의점 바닥에 주저앉아 두 무릎을 세우고 고개를 푹 숙였다. 광원이 사라져 노이즈가 잔뜩 낀 화면 안에 삼촌의 얼굴이 가득 담겼다. 그가 큰 눈을 껌뻑거리며 눈물을 쏟았다. 모두가 생수를 마시며 한숨 돌리는 사이, 그는 화면을 향해 입술을 달싹거렸다. 이제 와 그의 입술 모양을 흉내 내 소리 내면 내 이름이 된다. 마치 마법의 주문처럼, 그는 내 이름을 외며 공황발작을 버텨냈다.

"김정본 씨가 웬일로 우리를 구해줬대요? 킬러맵 해킹했을 때 우리 관계는 끝난 줄 알았는데."

브라더는 머리가 가려운 척 팔을 올렸다. 그는 학창 시절 내내 학교 폭력 피해자였다. 정본이 그의 말을 고까워해 주먹이라도 날릴까 미리 가드를 세운 터였다.

"너 우리 같은 스파이가 왜 퍼플코드인지 알아?"

정본이 물었다.

"저야 모르죠. 형님이 정한 거니까. 이유가 있긴 했어요?"

과호흡이 멈춘 삼촌이 자리를 털고 일어섰다.

"보라색…… 저 녀석들은 붉기도 하고 푸르기도 하니까."

삼촌이 불쑥 대답하곤, 냉장고 문을 열어 500미리리터 생수 한 병을 한 호흡에 들이마셨다.

"들었지? 어제는 빨갱이었지만 오늘은 파랭이가 될 수도 있어. 돈의 자력에 따라 말이지."

정본은 편의점 안 그 누구보다 철저한 자본주의자였다.

"형님……, 설마 정본 씨하고 거래한 거예요?"

삼촌은 부정하지 않았다. 그는 새로운 생수를 한 병 열어 머리에 끼얹었다. 그러고는 냉장고에 든 음료를 마구잡이로 끌어내 바닥으로 떨어뜨렸다. 도라에몽같이 크고 둥근 주먹으로 냉장고 뒷면 타공된 철판을 쿵쿵 찍자 마감이 툭 떨어져 나왔다. 삼촌이 조심스럽게 손을 집어넣어 소총을 꺼냈다.

"거기 그런 게 왜 있어요? 어떻게 알고 찾은 거예요?"

이번엔 실내 감시경을 떼어내 발로 밟았다. 안에서 탄창이 쏟아졌다. 전등을 뜯자 여러 종의 나이프가 떨어졌다. 정수기가 꽂혀 있던 콘센트 커버를 벗겨내니 네가 왜 거기서 나와, 소리가 절로 나올 법한 물건이 들어 있었다. 수류탄이었다. 삼촌은 주머니에 꽂아두었던 발터에 새 탄창을 끼워 브라더에게 건넸다.

"홀리, 쉣! 뭐예요?"

삼촌이 검지로 출입구를 막아선 트럭을 가리켰다. 핸들

부근에서 미남의 반들거리는 이마를 가리켰다.

“정확히 10분 후에 김미남을 사살해. 출입문 벌어진 틈으로 총구를 내밀고 방아쇠만 당기면 돼.”

“우리 같은 편 아니었어요?”

미남을 살해하라는 명령에 브라더가 울상을 지었다..

“생존 게임에 같은 편이 어딨어. 난 창고로 진입할 거야. 김미남을 죽이고 5분 안에 생환하지 못하면 그땐…… 창고로 투하해. M67이야.”

삼촌은 M67이란 이름의 수류탄을 브라더에게 건넸다. 수류탄을 받아든 브라더는 호흡마저 조심스러워졌다.

“형님, 제발요. 우리 이런 적 없었잖아요. 전 어디까지나 내근직이었고, 무기에 대해선 일련번호 지우는 방법밖에 몰라요. 왜 이러는지 설명부터 해줘야죠. 네? 형님, 진만이 형!”

브라더가 삼촌을 향해 악을 썼다.

“내 첫 살인도 그랬어. 너처럼 아무 내막도 모른 채 내가 형이라 부르던 사람의 부탁을 받아 실행했지. 그때 난 에콰도르의 어느 시골 사탕수수밭에서 지금의 지안이 또래 남자에게 방아쇠를 당겼어. 그리고 사람들의 눈에 띌 만한 강으로 시신을 옮겼지. 몇 년 후에나 알게 됐어. 내가 쏜 남자가 후안이라는 이름의 연쇄살인범이었다는걸. 놈은 만

15살에 22명을 살해했고, 고작 4년을 살다 나왔다더라. 내가 받은 수수료는 피해자 가족들이 재산을 팔아 마련한 돈이었어. 내막을 알았으면 그 일이 쉬웠을까? 아무리 생각해도 아닐 거 같아. 몰랐으니 할 수 있었고 놈에게서 살아남은 거야. 상대가 악당이든 세상 둘도 없는 호인이든…… 인간적인 감정 없이 행동해야 생존해. 브라더, 생존만이 우리 목표야. 김미남을 죽여야, 우리가 살아."

삼촌이 내게 쇼핑몰을 넘기고 싶어 하지 않는 이유였다. 죄를 짓는 한 죄책감을 벗어날 방법은 없었다. 삼촌이 찾아낸 자구책이라고 해봐야 애써 인간을 사물로 착각하게끔 만드는 습관이 전부였다. 인간 모양의 과녁에 총알을 명중시켰다고 자기 최면을 걸지 않으면 버틸 수 없는 세계였다. 그렇다면 삼촌이 민혜의 마음을 받아주지 않은 이유도 설명할 수 있었다. 사랑은 생의 의욕을 불 지피지만, 킬러에겐 생존 불가능한 상황을 만들 뿐이었다. 삼촌에게 로맨스는 너무 위험한 유희였다.

"그냥 나한테 맡기면 될 걸 초짜한테 구구절절 설명하느라 시간 다 가네. 줘, 내가 할게. 이건 서비스야."

취식대에 허리를 기대고 삼촌의 명대사를 감상하던 정본이 브라더에게 손을 뻗었다.

"김정본, 넌 잔금 받고 싶으면 따라와."

삼촌이 정본의 멱살을 틀어쥐었다.

“정진만, 그런 옵션은 없었잖아.”

정본은 삼촌보다 키가 한 뼘은 컸지만 기세에 압도당한 듯 그를 쳐내지 못했다.

“네가 돈 욕심 부려서 벌어진 일이야. 사진만 안 보여줬어도 지안인 여기까지 안 왔어.”

삼촌이 광장을 두려워하게 된 건 특정한 사건 때문이 아닐 수도 있었다. 말할 수 없는 비밀이 너무 많아, 선량한 이웃과 별 좋은 거리를 한가롭게 걷는 일이 너무 사치일지도.

그때 텅, 텅, 텅 연발 총성이 들렸다. 내가 쏜 총알이었다.

*

냉장고를 열었다. 반 줄 남은 김밥과 빈 우동 그릇이 놓여 있었다. 분명 모양은 냉장고였지만 냉기가 전혀 느껴지지 않았다. 언뜻 냉장고 뒷면에서 연보라색 빛 한 줄기가 새어들었다. 손으로 내부를 더듬어보니 냉장고 뒷면이 매끈하게 이어지지 않았다. 새김칼을 꺼내 틈새로 밀어 넣은 뒤 주먹으로 툭툭 쳤다. 그러자 댕그렁 소리와 함께 뒷면이 떨어져 나가고 냉장고와 이어진 새로운 공간이 드러났다. 머리를 들이밀고 팔을 뻗었다. 맞닿은 공간 바닥이 손에 닿았다. 찜질방처럼 후끈한 열기와 함께 진한 꽃 향기가 느껴졌다. 분명 어디선가 맡아본 적이 있는 익숙한 향이었지만, 농도가 짙다 보니 지린내에 가깝게 느껴졌다.

"내가 앞장서는 게 좋겠지?"

눈으로만 냉장고 건너편 쪽방을 훑어보았다.

연보라색 조명 탓에 바닥에 깔아놓은 양모 카펫도 붉어 보였다. 카펫 위로 빼곡히 놓인 화분에 제라늄처럼 잎이 넓적한 식물이 자라고 있었다. 조명 때문에 색을 분간하기 어렵지만 꽃술이 길게 올라온 주먹만 한 겹꽃이 탐스러웠다. 연보라색 조명은 식물 생장등 같았다. 차음재로 마감한 벽면엔 창문이 없었다. 내가 쪽방으로 머리를 내미는 순간 머리통에 총알이 날아와 박힐 것만 같았다.

"꼭 해야 해요? 나 자신 없어요."

선명한 목소리가 주춤거리는 나를 잡아끌었다. 떨리는 목소리, 다나였다.

"지안이 걔 아무것도 몰라요. 확실해요."

다나가 확실했다.

"우린 아무 죄도 없다는 거 알잖아요. 걔한테 해코지하느니 내가 죽을 거야."

다나가 흐느껴 울었다. 역시 그녀는 살해된 거였다. 다나를 죽음에 이르게 한 사람이 알렉스라는 생각이 들자 분노가 두려움을 찍어 눌렀다. 나는 글록을 쥐고 내 시야의 사각지대를 향해 세 발의 총알을 날렸다. 누군가 맞았기를 바라며 쪽방으로 기어 들어갔다. 돌발 상황에 놀랐을 테지만 민혜는 프로답게 숨죽여 내 뒤를 따라붙었다. 재빨리 몸을 일으켜 사격 자세를 취하고 주위를 둘러봤다. 온통 화분뿐이고, 좌우 벽면은 검정색 암막 커튼으로 가려져 있었다.

"꽃……. 이런 얘긴 들은 적이 없는데. 대체……?"

민혜가 놀란 기색을 감추지 않았다. 범죄단체의 수괴가 식물 재배 취미를 가졌다는 게 신기하긴 했다.

"저기!"

민혜의 총구가 오른쪽 커튼 방향에서 멈췄다. 한 발의 총알이 관통해 생겨난 구멍 너머로 움직이는 사람이 포착됐다.

"아가씨들, 총 내려놔. 나도 없거든. 그래도 못 믿지? 니들은 의심이 병이잖아. 그래서 큰일 하겠니."

알렉스가 아니었다. 중년 여자의 음성이었다. 짧게 깎은 손톱이 암막 커튼을 걷어냈다. 160센티미터 남짓한 키에 깡마른 체구의 여자가 얼굴에 팩을 붙인 채 걸어 나왔다. 풍덩한 흰색 면 잠옷을 입은 여자는 두 팔을 벌리고 빙그르 돌았다. 맨발에 맨손, 무기가 없었다. 마스크 팩에 가려

표정은 알 수 없었지만, 어쩐지 웃고 있을 것만 같았다.

“꽃 예쁘지? 난 화분 키우는 재미로 살아. 콘도덴드론이란 식물의 개량종인데 처음 볼 거야. 원래 꽃이 길쭉길쭉하기만 하고 그닥 이쁘진 않거든. 유전자 가위로 손봐서 지금처럼 탐스러워졌지.”

여자의 푸석푸석한 곱슬머리는 반백이었다.

“알렉스 어디 있어?”

내 물음에 여자가 손끝으로 꽃잎을 훑으며 우리 곁으로 다가왔다. 무기가 없으니 위협적이진 않았지만, 음울한 목소리와 찌르는 듯 강렬한 눈빛에 주눅이 들었다.

“넌 소민혜, 옆엔 정진만 조카 지안이구나. 반가워, 내가 알렉스 김이야. 알렉산드라도 알렉스라고 부르는데, 몰랐나봐?”

놀랍게도 알렉스는 여자였다. 허를 찔린 나와 민혜가 동시에 몸을 움찔했다. 알렉스가 바로 내 앞에 서서 소리 내어 웃었다. 그러다 불현듯 웃음을 멈추고 나를 노려봤다.

“우리, 처음 아니지?”

그녀가 마스크 팩을 벗어 바닥에 떨어뜨렸다. 선뜩하게 큰 눈과 야윈 콧날이 낯익었다. 장례식장에서 마주쳤던 다나의 엄마였다.

“진만 씨도 느껴야 해. 코앞에서 새끼 잃은 어미의 심정

말야. 네 삼촌이 내 딸을 죽인 거 알지?"

알렉스의 양 입아귀에 요거트 같은 침이 고였다.

"……우리 삼촌이 죽였다고?"

눈앞이 흐릿해졌다. 보라색 조명이 사라지고, 콘도텐드론 화분이 사라지고, 알렉스가 사라졌다. 남은 건 정사각형의 내 자취방이었다. 벽시계가 새벽 4시 정각을 가리키자, 소리 없이 방문이 열렸다. 벨벳 같은 어둠 속에 희끗한 먼지를 달고 온 사내는 거구였다. 붉은색 하와이안 셔츠를 입은 사내가 어둠을 더듬어 다나의 백팩 앞주머니를 열었다. 그러고는 펜 모양의 인슐린 주사기를 드르륵 끝까지 돌린 뒤 침대로 다가왔다.

사내는 베이지색 차렵이불을 사이좋게 덮은 나와 다나를 꽤나 오래 들여다봤다. 키와 체격, 헤어스타일이 비슷해, 어둠에 눈이 익숙해지지 않으면 헷갈리기 십상이었다. 4시 4분, 사내는 침대 안쪽에 엎드려 누운 다나를 골랐다. 그는 한 손으론 벽을 짚고, 다른 한 손으론 다나의 티셔츠 자락을 걷어 올렸다. 때마침 내가 바드득, 이를 갈아 잠시 멈칫했던 사내는 이내 평온을 되찾았다. 그에게 인간은 인간의 모양을 흉내 낸 과녁에 불과했고, 늘 그렇듯 과녁의 정중앙에 무기를 꽂아 넣었다. 4시 5분, 사내가 자취방을 나가자마자 쇼크가 시작되었다.

어디까지나 내 상상이지만, 알렉스의 말이 사실이라면 허황된 것만은 아니었다.

"넌 나 못 죽여. 너 때문에 자식 잃은 어미를 감히 쏠 수 있어? 그러고도 인간 행세하면 안 되지."

알렉스가 총구로 손가락을 밀어 넣었다. 그녀 말마따나 차마 방아쇠를 당길 수 없었다. 그러다 불현듯 내가 이 방에 들어온 목적이 생각났다. 다나의 이름, 그 애의 진짜 이름을 물어봐야 했다.

"삼촌이 죽인…… 그 애…… 이름이 뭐예요?"

그때 삼촌이 나와 다나 중 실수로 나를 골랐다면 어땠을까. 아니, 삼촌이 올 걸 예상하고 그 애가 삼촌을 죽였다면. 아니, 그 애가 삼촌을 죽일 걸 알아차리고 내가 그 애를 죽였다면. 아니, 우리 셋 다 알렉스가 보낸 킬러에게 살해되었다면. 모든 가능성이 의문을 달고 머리를 종횡했다. 어처구니없는 건 모든 경우의 수 안에서 누군가는 반드시 죽는단 사실이었다.

"우린 새로운 배역을 맡은 순간 길들여진 이름과 습관은 깨끗이 지워. CIA에선 그걸 기억 위장술이라고 부르더구나. 특정한 단어가 나올 때까진 새 이름에 맞는 새로운 기억으로 움직이지. 다나는 열 개가 넘는 이름을 거쳐 왔어. 제대로 세어본 적도 없네."

그녀의 말에 따르면 다나는 메소드 연기를 하는 배우처럼 배역에 맞춰 살아왔다.

"그래서 가장 첫 번째 이름이 뭐냐니까요?"

"태경이었던 거 같아. 맞아, 서울에서 태어나서 그렇게 불렀을 거야. 근데 너 아직 혀가 잘 굴러간다? 체질 한번 별나네."

알렉스의 말과 동시에 속이 메슥거렸다. 딸에게 수십 개의 가짜 이름과 신분을 던져주고, 섭식장애인으로 만든 그녀는 죄책감이 없어 보였다.

나는 속으로 성씨도 모르는 그 이름, 태경을 되뇌었다. 태경. 태경. 태경……. 서울에서 태어난 아이, 태경. 핑그르르, 어지럼증이 한번 일고는 흐릿했던 시야가 뚜렷해졌다. 태경이라는 이름이 내 기억의 방 자물통을 열었다. 그리고 진짜 기억이 정교한 팝업 북처럼 입체적으로 튀어 올랐다.

*

이제 내가 아는 이야기 뒤에 감춰진 전혀 다른 사실을 이야기할 시간이다. 그러기 위해선 넉 달 전 캠퍼스로 돌아가야 한다. 다나, 아니 태경. 그래도 다나라고 부르고 싶은 그 애를 만난 3월 두 번째 날이었다. 인문학고전읽기 수업이 끝나고 강의실을 나왔을 때 누군가 어깨를 툭 건드렸다. 돌아보니 나와 똑같은 브랜드의 패딩에 청바지, 운동화를 신은 다나였다.

"저랑 취향이 같으시네요."

그녀는 반가워하는 눈치였지만, 나는 부끄러웠다. 하고 많은 브랜드와 디자인 중에 같은 걸 고른 사람과 같은 시간에 같은 공간을 쓰고, 시선이 우리에게 쏠리는 게 부담스러웠다. 나는 머쓱하게 웃으며 수인사를 하고 얼른 복도로 빠져나왔다. 그 이튿날엔 패딩 대신 검정색 롱코트에 단화를 신고 크로스백을 멨다. 다나 역시 같은 차림이었다. 다행이라면 브랜드가 달라 소재와 디자인의 미묘한 차이가 있다는 점이었다.

"요일 정해서 입는 거 어때요? 저는 월화수금 등교하는데 월화엔 코트, 수금엔 패딩 입을게요. 아니면 톡으로 매일 착장샷 보내기. 그래야 같이 다닐 거 같은데."

다나가 싱그럽게 웃으며 내게 걸음을 맞췄다.

"그거 좀 재밌겠는데요."

그날부터 다나와 나는 다른 옷을 입고 매일 붙어 다니기 시작했다.

우린 옷 취향뿐 아니라 많은 게 닮았다. 즐겨 듣는 음악, 좋아하는 필기구, 생리와 뿌리 염색 주기, 신발 사이즈, 무신사 등급, 구독 중인 유튜버까지 겹쳤다. 다나는 내게 직접 조향한 향수를 선물했고 나는 그녀에게 입은 것 같지 않게 가벼운 브라렛을 선물했다. 낮엔 학교에서 보고 밤엔 공원에서 만나 실없는 이야기를 끝도 없이 늘어놓았지만 지루하지 않았다. 그녀에게 털어놓지 못한 건 내가 누군가를 죽였다는 사실 하나였다.

"너한테는 얘기해야 할 거 같아."

자정 무렵, 공원 트랙에서 인터벌 달리기를 하다 다나가 천천히 걸음을 늦추며 말했다.

"나 레즈비언이다."

느닷없는 고백이었다. 남자에 대해 관심이 없다는 것쯤은 눈치챘지만 그게 성정체성과 연결되어 있을 줄은 몰랐다. 비숑 두 마리와 산책하는 아줌마와 조용히 말싸움 중인 커플이 우리 곁을 지나쳤다.

"그럴 수도 있지."

담담한 척하려 했지만, 핸드폰을 쥔 손바닥에 땀이 배어났다. 그때까지만 해도 레즈비언이면 다 보이시한 줄 알았다. 다나처럼 머리와 속눈썹이 길고, 에이라인 스커트를 즐겨 입으며 여자를 좋아하는 여자도 있었다.

"나 너한테 약간 흑심 있어. 한 80일쯤 됐나. 모르는 건지 모른척하는 건지 몰라도 혼자 썸 타는 기분도 나쁘진 않아. 꼭 답을 바라고 하는 말도 아니고."

다나는 다시 달리기를 시작했다. 멀거니 그녀의 뒷모습을 바라보다 용기를 내어 걸음을 따라잡았다.

"내가 왜 좋은데?"

"나하고 다르잖아."

"난 우리가 찰떡같이 닮은 줄 알았는데? 나만 그렇게 생각했구나."

다나가 다시 속도를 줄이며 걷다 벤치에 털썩 앉았다. 그녀가 숨을 고르며 스마트워치를 풀었다.

"넌 사랑 받으며 자란 티가 나. 화나면 화내고, 좋으면 웃고, 무서우면 비명 지르고."

워치에 가려진 다나의 손목에 희끗희끗한 흉터가 수십 개였다. 자해의 흔적이었다. 그러고 보니 다나는 늘 희미하게 웃는 표정일 뿐, 감정이 드러나는 얼굴이 아니었다.

"네가 커밍아웃했으니까, 나도 뭔가 털어놔야 할 것 같네."

분명 삼촌의 사랑을 받으며 자랐다. 하지만 행복한 아이였던 적은 없었다. 늘 한 다리 건너편에 있는 듯한 그에게 착 달라붙기 위해 늘 과장된 표현을 했다. 화내고, 웃고, 비명 지르지 않으면 그가 슬며시 자기 살길을 찾아 떠날까 봐 두려웠다.

"부모님 돌아가시고 삼촌 손에 자랐어. 좋은 사람이긴

한데……, 사실 좋은 사람이 아냐."

"뭐야, 인소 대사같이."

다나가 한쪽 팔을 뻗어 슬며시 내 어깨 위에 걸쳤다. 자주 취하는 자세였지만 커밍아웃 뒤의 스킨십은 이전과 다르게 느껴졌다.

"나한테는 고마운 혈육이지만, 사회적으로 떳떳하긴 힘든 사람이야."

"꼭 나 같네? 삼촌 게이구나?"

"너 우리 가족 이야기 감당할 수 있겠어?"

내 질문에 다나가 걀걀거리며 웃었다.

그날 밤 해가 뜰 때까지 우리는 벤치에 앉아 있었다. 공원 너머 야트막한 산에서 흘러오는 아카시아 향을 맡으며, 머더헬프닷컴과 정진만에 대해 이야기했다. 물론 정민을 살해한 이야기까진 꺼내지 못했다.

"너네 삼촌 쫌 멋진데?"

"어디가?"

"선은 지키잖아. 어두운 일 하면서 조카도 부양하고, 끝내주게 복수하면서 마약이나 매춘 사업은 안 하는 게 어디야."

"에이, 안 하는 게 아니라 못 하는 거겠지. 마약 같은 건 엄청난 거물들이나 만지는 거고, 우리나라에선 수요도 없잖아. 무엇보다 우리 삼촌은 경제관념이 빵점이야. 투자하는 것마다 마이너스인데다 쇼핑몰 매출도 작년 대비 97퍼센트 급감했어. 이러다간 정말 온라인 잡화점이 메인이 될 거 같아."

우린 굿데이 편의점에서 우유와 커피를 사들고 내 자취방으로 돌아왔다. 오전 수업은 둘 다 결석하고 늘어지게 낮잠을 자기로 했다. 커튼을 치고 다나와 나란히 누웠다.

"나중에 삼촌 쇼핑몰, 네가 물려받고 싶은 건 아니지?"

"왜 아니야? 이래봬도 나 야망이 커. 그러니까 운동도 하는 거지. 대신 난 정당한 복수만 해줄 거야. 돈 받는다고 아무한테나 총질 칼질은 안 할래."

다나가 내 배 위에 손바닥을 올렸다.

"어디 만져 보자. 간이 얼마나 크기에 그런 소릴 하나."

다나의 손이 배를 간질였다.

"나 간 없어. 배 밖으로 달아났거든."

나는 쿡쿡 웃으며 다나의 팔을 끌어다 베었다. 그러고는 필름이 끊기듯 잠이 들었다. 내가 잠들자 다나는 베개를 끌어다 내 머리에 고이고 침대에서 일어섰다. 그녀는 발소리를 죽이느라 맨발로 현관을 나섰다. 계단을 타고 옥상에 다다른 다나는 단축번호 1번을 길게 눌렀다.

"엄마가 잘못 짚었어요. 앤 정진만 사업에 관심 없고, 작

넌 일로 크게 틀어져서 삼촌을 원수같이 생각해요. …… 왜 못 믿어요? 모든 혈연이 다 끈끈한 건 아니잖아요. 데면데면 사는 집도 있고, 있는 게 없는 것만 못한 집도 얼마나 많은데요. 내가 보증한다니까요. 그러니까 저 몰래 지안이 자취방으로 화분 보내지 마세요. 제발요. 아까 우유요……? 안 먹었어요. 동물 착취 안 했다고요. ……좀 이따 들어갈게요. 한 두세 시간, 어쩌면 서너 시간."

하필 다나는 내가 유기한 선인장 앞에서 알렉스와 통화했다. 삼촌은 화분 물받이에 숨겨놓은 소형 카메라로 다나의 실체를 단박에 알아차렸다. 나와 브라더가 바빌론의 수스앱 걱정을 하며 매출 압박을 했을 때, 삼촌은 이미 알렉스가 누구이며 어디에 은신해 있는지 알아냈다.

정본이 내게 보여준 알렉스의 사진은 머더헬프를 해킹해 얻어걸린 기밀 문서 중 하나였다. 그러나 사진만으로는 위치 정보를 알 길이 없었다. 우리 서버 어디에도 위치를 암호화한 파일은 존재하지 않았다. 천하의 정진만이라면 어떻게든 알렉스의 아지트 위치를 알아냈을 텐데, 공유해줄 리 만무했다. 그래서 민혜와 나를 만났을 때 자신이 직접 입수한 것처럼 사진을 꺼내놓았던 거였다. 부지불식간에 힌트가 나오지 않을까 하는 기대였다. 그리고 운 좋게도 나는 답을 알고 있었다.

우리보다 훨씬 먼저 알렉스의 사진을 입수한 삼촌은 맥이라는 이름의 지오게서(GeoGuessr) 플레이어에게 연락했다. 전 세계의 구글맵 로드뷰를 모조리 외운 탑티어 플레이어인 그는 채 1초도 되지 않아 굿데이 편의점 용석기쁨점 주소를 불러주었다. 이제 퍼플코드가 나설 때였다. 알렉스에 대해 깊이 파헤치려면 아르바이트생으로 취직할 사람이 필요했다.

퍼플코드 중 유일하게 용석동에 거주하는 사람을 찾아냈지만 좀처럼 모집 공고가 올라오지 않았다. 마냥 기다릴 수 없었던 삼촌은 다시 인맥을 동원했다. 그의 단골 중 한 명이자 손 페티시가 있는 익수였다. 그는 변태라는 점만 제외한다면 부와 명예를 모두 갖춘 1등 시민이었다. 익수는 굿데이 편의점 야간 파트 근무자가 재학 중인 학과로 전화를 걸어, 딱 그 사람만 통과할 수 있을 만한 스펙을 요구하며 취업 알선을 부탁했다. 얼마 지나지 않아 구직 공고가 올라왔고, 알렉스의 대리인이자 삼촌과는 여러모로 닮은 하수인이 건성으로 면접을 봐 합격시켰다.

"얀마, 그냥 좀 빌려줘. 너 어차피 하루 일하고 하루 쉬잖아. 렌트비 준다니까."

삼촌은 상용 아저씨의 택시를 빌려 매주 용석동을 찾아왔다. 그는 보안 때문에 야간 알바인 퍼플코드와 직접 통화하지 않았다. 다만 매주 같은 요일에 알렉스의 하수인과 같은 셔츠를 입고 근방을 오가며 존재감을 드러냈다. 퍼플코드는 꾸준히 바빌론의 데이터베이스를 수집하는 한편, 삼촌이 용석동에 나타났을 때 알렉스가 건물 밖으로 나가지 않는지 감시했다. 퍼플코드와 삼촌이 신호를 주고받은 방법은 클래식했다. 알렉스나 그의 하수인들이 편의점에 드나들면 간판 조명을 깜빡이는 방식이었다.

삼촌이 광장공포증을 견디며 용석동에 드나든 건 콘도덴드론 때문이었다. 본래 콘도덴드론은 알칼로이드 계열의 성분으로 근육과 호흡을 멈추게 할 만큼 강한 독성을 지닌 식물이었다. 남아메리카 원주민들은 콘도덴드론의 즙액을 독침에 묻혀 사냥에 사용했고, 요즘도 수술 시 마취제로 사용한다. 그런데 바빌론이 유전자 가위로 개량한 콘도덴드론은 미량의 경우 호흡으로 쾌락을 선사하는 마약이지만, 과용하면 사망에 이르는 독극물이 되었다. 알렉스는 콘도덴드론을 전자 담배 액상으로 포장해 판매했고, 과용 사망자가 매일 서너 명씩 발생했다. 강한 중독성 탓에 코카인, 필로폰, 펜타닐보다 수요가 높았지만, 기존의 마약 검사로는 검출되지 않는 성분이었다.

어느 사이엔가 삼촌의 의뢰인들과 레드코드마저 코인이나 현금 대신 콘도덴드론을 통용 화폐로 요구하기 시작했다. 어둠 속에 더 짙은 어둠이 있다는 걸 깨달은 삼촌은 자신의 보이지 않는 유리 돔으로 용석동을 감싸나갔다.

내가 수스앱 실행자들에게 공격받았을 때, 레드코드와 옐로코드가 순식간에 사태를 진압한 것도 삼촌의 설계 안에 있었다. 삼촌은 은옥의 도움으로 용석동 일대의 빈 오피스텔과 원룸을 계약해 레드코드를 은밀히 입주시켰다. 그들 중 일부는 수스에 가입해 크고 작은 범죄를 저지르고 편의점에서 에어팟을 구매해 신뢰를 쌓았다. 또 '밀덕'답게 신형 무기를 사들였다. 방탄 헬멧, 방탄복, 조준경, 확대경, 표적 지시기를 갖추고, 피아식별 적외선 장치와 소음, 소염기를 레드코드 머릿수에 맞췄다. 거의 모든 레드코드가 투입된 전투인 탓에 지난 한 분기 머더헬프닷컴의 매출은 바닥을 찍을 수밖에 없었다.

철두철미한 알렉스가 삼촌의 유리 돔 안에 갇힌 결정적인 이유는 따로 있었다. 그녀 역시 그즈음 머더헬프를 공중분해할 전략을 짜 나갔다. 시장은 수스앱과 콘도덴드론으로 장악했지만, 여전히 최첨단 무기 백화점인 머더헬프가 눈엣가시였다. 더구나 삼촌과 손잡은 레드코드들은 수스앱 실행자 같은 어중이떠중이가 아니었다.

그가 무기 창고를 사수하는 한 레드, 퍼플, 옐로코드 들은 동맹을 끊지 않을 터였다. 알렉스는 삼촌과 유사한 방식으로 우리 마을에 흘러 들어왔다. 망한 떡집을 계약하고, 쇼핑몰 근처의 나대지를 사들여 참호를 만들었다. 또 근처 가죽 공장에 다국적 요원들을 취업시킨 뒤 디데이를 만들었다. 그게 바로 미남이 말한 16시의 약속이었다.

삼촌은 미남의 정체를 진즉에 알고 있었다. 오히려 놈을 창고로 끌어들일 방법을 골몰하다, 좋아하지도 않는 떡과 돼지머리를 주문했다. 그가 배달한 돼지머리 안엔 VX라 부르는 맹독성 물질이 든 분출기가 들어 있었다. 그가 배달을 마친 후 전자 담배로 위장한 기폭 장치 버튼을 길게 누르면 작동될 예정이었다. 작전 종료 시간은 16시 정각. 인간은 죽이되 창고 안 무기는 안전히 확보한 뒤 바빌론 일당이 집결할 시간이었다. 하지만 이번에도 삼촌은 한 발 앞서 놈들의 계획을 눈치챘다.

편의점 야간 근무자인 퍼플코드를 통해 바빌론이 최근 VX와 트리코테신, 사린과 같은 화학무기를 매입한 증거를 찾았다. 삼촌은 미남을 살해하고, 동시에 굿데이 편의점에 총공격을 퍼부을 공산이었다. 하지만 예상 밖의 변수가 찾아왔다. 1년 만에 소민혜가 찾아왔고 조카인 정지안이 미남의 정체를 의심하며 수면 가스를 발사한 그 사건 말이다.

삼촌은 믿고 싶지 않을 테지만, 이번 사건엔 의외의 인물이 배후로 존재했다. 마치 절름발이가 범인인 영화처럼 이 배후 역시 어둠의 세계에서 가장 보잘것없는 인물이었다. 경험과 능력이 부족한 건 말할 것도 없고, 지나치게 감정적인데다 돌발 행동을 서슴지 않으며 통제력 따윈 빵부스러기만큼도 없는 신출내기였다.

정지안. 바로 내가 이번 사건의 은밀한 배후이며 기획자였다.

*

지난주 월요일, 다나가 아직 이 세상에 남아 있던 밤. 그녀는 빈 떡볶이 그릇을 앞에 두고 진짜 비밀을 털어놓았다. 바닷가 모래밭처럼 차분한 얼굴에서 해일 같은 말이 쏟아졌다.

"내 췌장에서 인슐린이 한 방울도 안 나오게 된 건 엄마 때문이야."

"어? 유전이야?"

1형 당뇨는 유전 질환이 아니었지만, 그땐 몰랐다.

"난 코딩이 잘못된 아이야. 배아 상태일 때 엄만 나를 500만 달러에 팔았어. 과학자들에게 유전자를 이리저리 재단할 수 있는 권리를 준 거지. 지금은 수술했지만, 손가락이 무려 13개로 태어났어. 적록색맹인데다 신장은 보통 사람의 절반 크기이고 악성 신생물이 자라고 있지. 에이즈와 간염에 대한 면역체를 갖고 있고, 거의 100퍼센트의 확률로 서른 살 이전에 뇌혈관 질환을 앓게 될 거야. 난 아빠가 누군지도 몰라."

삼촌이 살인청부업자들과 손잡은 무기 밀매상인 것과는 차원이 다른 이야기였다. 떡볶이 그릇을 든 손이 달달 떨렸다.

"그러고도 엄마라니."

자식을 소유물이나 트로피쯤으로 생각하는 부모는 어디에나 있다. 가정교육이라는 핑계로 수틀리면 모진 말과 발길질을 일삼고, 푼돈에 자식의 미래 가치를 맞바꾸고, 늙고 아픈 뒤에야 비굴해지는 사람들은 흔히 봐왔다. 하지만 태어나지도 않은 자식의 유전자를 난도질하고, 천천히 죽어가는 꼴을 지켜보는 부모는 처음이었다.

"그러게, 팔자가 사나워 그런 사람의 딸로 태어났네. 엄마가 내게 자연주의를 강요하는 이유는 과학자들과 맺은 계약 때문이야. 다지증을 제외한 모든 질병은 치료 없이 모니터링만 하기로 약속했어. 아마 몇 년 안에 뇌출혈이나 심근경색으로 죽을 거야."

"걱정 마. 내가 꼭 붙어 있다 병원 데려갈게."

진심이었다. 내겐 사이코 엄마와 과학자들을 처리해줄 든든한 뒷배가 있으니까.

"너나 너희 삼촌은 날 구할 수 없어."

다나가 백팩에서 권총을 꺼냈다. 총열에 포니 스티커가 붙어서였을까, 아니면 다나가 들어서였을까, 살기가 느껴지지 않았다. 그럼에도 본능적으로 몸을 움츠리고 눈을 감았다.

"안 쏴. 난 너를 죽이러 왔지만…… 그건 엄마 생각이지 난 달라."

다나는 자신의 엄마가 누구인지, 왜 나를 죽이려 하는지 설명했다. 그렇게 알게 된 게 알렉스 김, 한국명 김진영이었다. 알렉스에게 500만 달러를 지불한 곳은 세계의 하수구라 불리는 바빌론이었다. 그들은 동물이나 인간 실험뿐 아니라 식물 유전체 편집도 했다. 그렇게 얻은 게 콘도덴드론이었다. 예상대로 중독자는 매일 배수로 늘어갔고, 물량이 부족해졌다. 알렉스는 콘도덴드론의 대규모 재배와 전 세계 유통 독점권을 요구하며 한 가지 조건을 내걸었다. 바로 아시아의 무기고인 머더헬프닷컴을 공중분해하는 것이었다.

"그래, 난 다나가 아냐. 시한부 인생을 사는 킬러지. 거절 권한은 없었어. 난 진통제 대신 매일 콘도덴드론으로 통증을 누르고, 엄마를 사랑한다는 세뇌에 길들여졌어. 오늘 밤 네가 죽으면 계획이 시작될 거야. 예전에 너희 부모님 돌아가셨을 때 베일이 했던 방식과 비슷하겠지. 그때와 달리 더 이상 지켜야 할 게 없는 삼촌은 쉽게 포기할지도 모르고. 그 다음 일은 예상되지? 바빌론 본사 직원들이 곧 입국해. 아마 토요일에 머더헬프로 갈 거야."

다나가 나 대신 떡볶이 그릇을 개수대에 비웠다. 언제나 그랬듯 그녀의 표정은 평정심을 잃지 않았다. 행주를 적셔 상을 닦고, 글록을 닦고, 행주를 다시 빨아 싱크대를 닦고, 제 손을 닦았다. 부지런히 움직이는 그녀의 입에서 노래가 흘러나왔다.

Ooh, Donna, ooh, Donna
Ooh, Donna, ooh, Donna
I had a girl, Donna was her name
Since she left me
I've never been the same
'Cause I love my girl, Donna
Where can you be?
Where can you be?
Now that you're gone

I'm left all alone
All by myself, to wander and roam
'Cause I love my girl
Donna, where can you be?
Where can you be?
Well, darlin', now that you're gone
I don't know what I'll do
Ooh, 'cause I've had all my love
For-or you-ooo-ooo-ooo, ooo-woo-mmm
I had a girl, Donna was her name
Since she left me
I've never been the same
'Cause I love my girl

속삭이듯 노래하며 빨래 건조대에 걸린 내 옷을 개고, 다시 오지 않을 사람처럼 그간 가져다놓은 화장품과 책을 백팩에 담았다. 나는 침대에 걸터앉아 울었다.

"날 안 죽이면…… 내일 넌 어떻게 돼?"

"글쎄……. 날 죽이진 않을 거야. 그냥 둬도 얼마 못 살잖아. 안타까운 건 내가 살아 있는 한 원래 이 이름을 가졌던 진짜 다나는 돌아오지 못할 거란 사실이지. 엄만 늘 의문을 의문으로 덮는 사람이거든. 그래서 생각한 건데…… 이쯤에서 내가 그냥 죽을까 해. 그게 가장 깔끔한 방식이야. 내일 새벽이 좋겠어."

다나는 서점에서 책을 고르듯, 행거에서 옷을 꺼내듯 죽음을 툭 건드렸다. 다나가 내 앞에 바짝 다가섰다. 그녀의 광대뼈에 도드라진 잡티와 뺨에 알금알금 남은 여드름 흉이 보였다. 진짜 나이는 스물한 살이 아닐지도 몰랐다. 서른에 가깝다면, 그녀의 예상대로 자연사까지 남은 시간은 길지 않을지도 몰랐다.

"내일 새벽이면 몇 시간 후잖아. 너 설마…… 여기서?"

"그게 엄마를 뒤통수 칠 최선이야. 내일 아침에 시신 확인을 하러 올 사람은 정진만이 아니라 김진영이 되겠지. 그다음에 네가 해야 할 일을 얘기해줄게."

나는 귀를 틀어막았다.

"아냐, 너 죽게 내버려두지 않아. 죽더라도 지금은 안 돼. 안 된다고."

눈에 눈물이 그득 고여 다나가 흐릿해 보였다. 그녀는 고개를 가로저었다.

"시간이 없어. 이 사람 얼굴 기억해놔야 해. 엄마가 고용한 사람이야."

그녀는 백팩 앞주머니를 열어 프린트한 사진 한 장을 보여주었다. 훗날 모두가 김미남이라고 알게 될 인물이었다.

"진짜 내 앞에서 죽을 셈이냐고!"

"다른 선택지는 없어. 난 마지막이 네 옆이라 마음이 놓이는걸. 다른 여자애였으면 지금쯤 112에 신고 전화했을 거야. 너라서…… 얼마나 안심인지 몰라."

다나는 분에 못 이겨 날뛰는 나를 숙련된 유치원 교사처럼 진정시켰다.

"죽어서 뭘 얻으려는 거야?"

"내가 죽고 네가 살면, 엄마는 많이 당황하겠지. 그래도 바빌론과 약속을 지켜야 할 테니 토요일에 머더헬프를 습격할 거야. 너희 삼촌이 두려울 테니 습격 전에 폭약이나 독극물 같은 치명적인 물건을 배달할 거야. 그때 원샷으로 쓸 인물 같아. 사진 다시 잘 봐."

"삼촌한테 이 사진을 전해주라는 거야?"

내가 김미남의 얼굴을 익혔을 즈음, 다나는 라이터를 꺼내 그의 사진을 태웠다.

"정지안, 주도적으로 생각해. 넌 답을 알고 있을 거야. 남이 말해주는 답 대신 너만 알고 있는 답."

다나가 내 고개를 두 손으로 모으듯 만졌다.

"난 혼자 아무것도 못 해. 운이 좋아 살아남은 것뿐이야."

삼촌이나 다나가 아닌, 나만이 알고 있는 답. 그런 게 있기나 할까. 고작 1년 전까지만 해도 나는 다크웹이나 딥웹의 존재조차 몰랐다.

"아니, 넌 할 수 있어. 작년에 무슨 생각으로 배정민을 쐈어?"

다나가 물었다. 내가 살인자라는 걸 알고 있었다.

"어떻게 알았어? 내가 배정민을…… 그렇게 한 거."

내가 배정민을 쏠 수 있었던 건, 배신감과 복수심이었다. 삼촌을 죽이고 내 목숨까지 위협하는 자를 살려서 내보낼 만큼 자비롭지 않았다.

"개 배 속에 초소형 GPS와 도청 장치가 들었거든. 5밀리미터 크기라 음료에 섞어 먹였다고 들었어. 그 친구는 자기 배 속에 그런 게 든지도 몰랐을 거야. 정지안, 제발 그만 울고 살 방법을 찾아."

다나가 내 팔뚝 여린 살을 꼬집었다. 다시 생존이 걸린 일이 시작되었다. 생각해보면 지금도 1년 전과 다를 바 없었다. 내가 사랑하는 '다나였던' 아이를 착취한 알렉스가 삼촌과 쇼핑몰을 박살 내려 하고 있었다. 막아야 했다.

"좀 전에 사진 보여준 배달부도 초소형 GPS를 갖고 있겠지?"

다나는 내게 힌트를 준 거였다.

"그렇겠지. 폭탄이든 독극물이든, 뭔가를 배달한다면 자기가 빠져나온 뒤에 그걸 활성화시킬 버튼을 눌러야 할 거야. 그렇지?"

"맞아, 그 버튼은 아마도 배달부의 생체 리듬으로도 제어될 거야. 그런 제어 방식은 처음이라 네 삼촌은 모를 거야. 버튼을 누르기 전에 죽으면 죽도 밥도 안 될 테니, 호흡이나 심박이 멈췄을 때 자동적으로 터지게 해놨겠지. 무슨 뜻인지 알지?"

결국 놈을 살려둔 채로 대응해야 했다. 어느 새인가 눈물이 멎었다.

"그럼 어떻게든 남자를 붙잡고 있어야 비활성화를 유지하겠구나."

배달부는 돌발 상황에 대해 여러 가능성을 염두하고 있을 터였다.

"그 남자도 맨손으로 접근하진 않을 거야. 여러 가능성을 생각하겠지. 가령 삼촌이 아닌 내가 자길 맞이하거나 혹은 도망치거나 아니면 감금될지 모르는 상황들. 그걸 바빌론에 전해야겠지."

다나가 옅게 웃었다. 잘하고 있다는 뜻이었다.

내가 GPS를 몸에 품고 쇼핑몰을 떠난다면 어떻게 될까. 바디캠이나 화상 통화로 삼촌과 내가 연결되어 있다면……. 그는 조카가 보는 앞에서 살인을 저지를 사람이 아니었다. 그리고 오후 4시, 바빌론이 습격하기 전에 쇼핑몰을 빠져나온다면 최소한 죽음은 면할 터였다. 문제는 어떤 상황에도 쇼핑몰 창고를 벗어나지 않는 삼촌이었다. 어떻게 살려내야 할지 막막했다. GPS와 배달부 그리고 나와 삼촌을 연결할 방법을 모색해야 했다.

"숙제만 잔뜩 남겼네. 그래도 넌 잘해낼 거야. 나보다 강한 사람이란 걸 보자마자 알아차렸거든. 이제 남은 시간은 기분 좋은 얘기만 하자."

다나가 먼저 심각한 대화를 멈췄다. 우리는 전쟁과 죽음에 대한 이야기를 끝마쳤다. 잔나비의 노래, 평론가의 극찬에도 지루했던 영화, 요즘 공원에 새로 나타난 귀염둥이 밤색 푸들과 다중우주론 같은 얘길 떠들었다. 그리고 새벽 4시가 되었을 때, 다나가 내게 키스했다.

"울지 마. 슬픔도 내일 아침까지 참아. 그리고 억지로 연기해선 안 돼. 모든 걸 다 지우고, 아무것도 모르는 상태로 받아들여. 마치 거짓말탐지기를 통과하려는 살인자처럼 네가 아는 모든 정보를 몰아내. 네가 너를 속이는 게 가장 중요해. 그래야 들키지 않을 수 있어."

다나의 유언이었다. 그리고 인슐린을 직접 주사했다. 얼마 지나지 않아 저혈당 쇼크가 시작되었다. 울기엔 너무 일렀다. 다나의 유언을 지키려면 내일 아침, 침대에서 눈을 뜨고 차갑게 식은 그녀를 발견한 뒤에 울어야 했다.

자발적으로 기억을 지우기 전에 할 일이 있었다. 수스에 정지안 청부 살해 글을 예약해놓는 일이었다. 나는 다나의 핸드폰으로 수스에 접속했다. 정지안, 21세, 키 162센티미터, 체형과 주소, 그놈의 백두혈통도 과시하고 급조해 만든 SNS 계정과 필체까지 첨부했다. 다나의 계정으로 접근할 수 있는 GPS 장치와 통신기기를 모두 연결한 뒤 배달원이 그중 하나를 골라 사용하길 간절히 바랐다.

아침이 밝았다. 다나는 서리 맞은 감처럼 차갑고 아름다웠다. 나는 119에 전화를 걸었다.

"친구가 이상해요. 자고 일어났는데…… 애가 안 움직여요. 네, 호흡이 없어요. 주소 불러드릴게요."

통화가 끝나고 나서야 눈물이 흘렀다. 그러자 내 인생의 BGM이 흘렀다.

'I had a girl, Donna was her name. Since she left me. I've never been the same. 'Cause I love my girl.'

*

민혜가 발작을 시작했다. 적게 잡아 30그루가 넘는 화분에서 퍼져 나온 독소는 대근육에서 시작해 소근육 그리고 기도까지 마비시켰으리라. 얼굴 근육이 들썩들썩 뒤틀리던 민혜가 눈을 부릅뜬 채 앞으로 고꾸라졌다.

"내가 왜 무기를 안 들고 있는지 알겠지? 여기 10분만 노출되면 너희 숨구멍 막혀서 죽어. 정진만은 어쩌나, 조카 죽는 것도 봐야 하고 머더헬프 함락되는 꼴도 봐야 하는데 눈이 한 쌍밖에 없잖아. 딱하게도."

알렉스가 앞니를 드러내고 웃었다. 대문니가 조금 큰, 다나와 닮은 치열이었다. 주름진 피부에 앙상하게 마른 그녀의 얼굴을 찬찬히 뜯어보았다. 20년만 젊고 살집이 있었다면 아마 다나와 쌍둥이처럼 닮았을 것 같았다. 알렉스의 얼굴 위로 다나가 어른거리자 차마 방아쇠를 당길 수 없었다.

"정지안, 나와! 숨 참고 이리 나와."

유일한 출입구인 냉장고 문이 열렸다. 거구인 삼촌이 드나들 수 있는 사이즈가 아니었다. 그는 냉장고 안으로 겨우 머리만 들이밀고 내게 고함쳤다. 그는 알렉스가 콘도덴드론을 재배하고 유통한다는 걸 알고 있었다. 어쩌면 삼촌도 거짓말에 능한 사람이 아닐지 몰랐다. 나처럼 비밀을 잊기로 작정한 백치였는지도.

"정진만 씨, 왔구나. 전자파 때문에 CCTV를 안 놔서 밖이 어떤지도 몰랐어요. 쉽진 않았을 텐데, 명성대로 대단하시다. 뭐 하러 고생들을 해. 그냥 나란히 앉아 구경하면 편하지. 가족끼리 제삿날 같으면 좋긴 하겠다. 누가 지내주진 않겠지만."

알렉스의 조롱에 삼촌은 잔뜩 성이 났을 터였다. 그렇다고 저 큰 덩치가 좁은 냉장고 문을 통과할 수 없었다. 그는 벌겋게 달아오른 얼굴을 뒤로 빼고, 이번엔 정본을 앞세웠다. 그래봤자 삼촌보다 늘씬하기는 해도 골격이 큰 남자에겐 무리였다.

"누나! 누나 너 괜찮은 거지?"

정본의 목소리가 좁은 쪽방에 우럭우럭 퍼졌다. 손가락과 입술 근육이 경련을 일으키는 걸로 봐서는 전혀 괜찮지 않았다.

"소민혜, 저 친구들 너무 시끄럽다. 떠드는 놈 머리에 총알 구멍 좀 내줘라. 응?"

알렉스가 미간을 찌푸린 채 한쪽 발로 민혜의 어깨를 툭툭 건드렸다.

"네……. 사장님."

귀를 의심했다. 환청이 아니라면, 민혜가 알렉스를 사장님이라고 부를 수 없었다. 콘도덴드론의 부작용 중엔 사람을 최면 상태에 이르게 하는 뭔가가 있을지도 몰랐다. 그렇다면 다나가 알렉스에게 복종할 수밖에 없었던 이유도 설명할 수 있다.

내가 내 귀를 의심하는 사이 민혜가 뻣뻣한 몸을 일으키고는 느리게 권총을 집어 들었다. 그러고는 냉장고 문을 향해 방아쇠를 당겼다. 정본이 질겁하며 뒤로 물러섰다. 민혜의 숨소리가 거칠었다.

"언니, 총 내려놔요. 정본 씨랑 삼촌이잖아요!"

민혜는 개개풀린 눈으로 밖을 향해 몇 발의 총을 더 날리곤 쓰러졌다. 목을 잡은 채 바르작거리는 그녀의 얼굴이 붉게 달아올랐다. 이 방에 들어온 지 5분은 흘렀을 테니 기도가 부풀어 오르는 모양이었다.

"정진만, 너 지금 뭐 하려는 거야? 내 손에 죽고 싶어? 이 개만도 못한 새끼."

그때 바깥에서 정본의 고함이 울렸다.

"그냥 두면…… 우리가 아니라 지안이를 쏘게 돼!"

삼촌이 냉장고 너머에 납작 엎드려 민혜를 조준했다. 바닥에 누운 민혜의 눈에서 눈물이 줄줄 흘렀다. 언제나 공무원처럼 사무적이고 건조해 보였던 그녀가 서럽게 울며 삼촌과 마주했다. 민혜는 정을 품은 한 사람을 위해 목숨이라도 던지고 싶었을 것이다. 하지만 운명은 살인자들에게 호의적이지 않았다. 민혜가 방아쇠에 다시 검지를 걸었을 때 삼촌이 먼저 총알을 발사했다. 민혜의 한쪽 어깨가 들썩했다. 그러자 정본이 괴성을 내지르며 냉장고 문을 닫았다.

"난리도 아니네. 근데 너 이 마귀 같은 년……. 넌 왜 멀쩡해?"

알렉스가 핏발 선 눈으로 나를 노려보았다. 그녀의 말마따나 나는 아무 이상이 없었다. 피부와 점막이 조금 얼얼하긴 해도 마비 증상은 없었다.

"아줌마랑 같은 이유 아닐까."

이 방의 공기를 맡고 나서 깨달았다. 이 공간의 진한 향기가 내게 익숙한 이유는 다나가 직접 조향한 향수 덕이었다. 나는 지난 넉 달간 일정량의 콘도덴드론에 노출되었다. 어쩌면 내가 먹은 음식에도 섞여 있었을지 몰랐다.

"태경이가 나를 배신했다고? 제 어미를? 개소리하지 마. 갠 그럴 배짱이 없는 애야! 네가 특이체질이거나 머더헬프에서 무슨 수를 썼겠지."

알렉스가 불안한 얼굴로 서성거리다 민혜가 떨어뜨린 권총을 주웠다. 그녀와 마주 섰다. 다나의 얼굴이 아른거리던 자리에 주름진 마귀할멈이 서 있었다. 비로소 방아쇠를 당길 용기가 생겼다. 하지만 다나를 대신해 할 말은 해야 했다.

"모르는 사람이 들으면 금 가지에 옥 잎사귀처럼 귀하게 키운 줄 알겠네. 개막장으로 낳고 키워 살인자 만들려고 했잖아."

다나였다면 하지 못했을 말을 나는 거침없이 내뱉었다. 손톱만큼이라도 죄책감을 느끼기 바랐지만 알렉스의 안색은 한결같았다. 죽은 다나도 엄마가 일생 죄책감으로 자신을 잊지 않길 바랐겠지만 소시오패스에겐 불가능한 일이었다.

"넌 뭐 달라? 너도 살인자잖아. 배정민…… 그리고 태경이. 저 살겠다고 친구를 둘씩이나 죽여놓고 누굴 가르치려고 드는데? 아니다. 하는 꼬라지 보니까 내가 모르는 살인도 얼마든지 있겠네. 이러고 살다 낳은 네 자식은 다를 거 같지? 절대 아니야. 인삼을 심어도 썩은 땅에선 시체가 나오는 법이지."

알렉스가 틀렸다. 다나는 저런 썩은 땅에서 자랐지만 악취가 아닌 향기를 풍겼다.

"난 자식 안 낳아. 아무한테도 이 피 안 물려줄 거니까. 아줌마 유전자야말로 독극물인데 왜 낳았어? 다나한테 당신이 한 짓을 생각하면 이렇게 쉽게 작살내는 것도 아까워. 난 말야……."

나는 할리우드 삼류 영화 악당처럼 말이 너무 많았다. 그 바람에 방아쇠를 당겨야 할 순간을 놓쳤고, 유탄이 내 옆구리를 파고들었다. 알렉스의 총구에서 탄연이 피어났다. 귀가 먹먹해지며 몸이 중심을 잃었다. 통증보다 뜨거운 고데기가 옆구리에 닿은 느낌이었다. 방 밖에서 괴성이 들렸다. 삼촌이 내지르는 소리일 터였다.

텅 , 텅 .

그는 포기하지 않고 데저트 이글을 발사했다. 한 번 쏠 때마다 주먹만큼씩 벽이 파여 나갔겠지만, 나를 구하기엔 시간이 부족했다.

나는 붕어처럼 눈을 뜬 채 바닥에 주저앉았다. 포근한 양모 카펫이 발등과 무릎에 닿았다. 알렉스가 다가와 내 손에 든 권총을 가져갔다. 그러고는 나를 끌어안은 채 관자놀이에 총구를 가져다댔다.

"설교하고 싶으면 교회 나가, 칠푼이 아가씨야."

양모 카펫 위로 피가 왈칵 쏟아졌다.

*

삼촌이 야간 근무자로 앉힌 퍼플코드도 쪽방에 진입할 계획까진 마련하지 못했다. 애당초 삼촌은 미남을 살해하고, 뒤따라온 바빌론 무리를 박살 내는 동시에 굿데이 편의점을 기습해 초토화시킬 계획이었다. 마지막으로 알렉스가 숨은 벙커 안에 M67을 던지면 상황 종료였다. 굳이 쪽방으로 들어와 알렉스의 머리에 총알구멍을 낼 이유가 없었다. 그런데 예상 밖의 전개가 펼쳐지자, 그의 머릿속은 하얗게 비었다. 고작 몇 걸음 너머에서 내가 위협받고 있는데, 좁아터진 출입구엔 머리밖에 집어넣을 수 없으니 그는 알렉스의 바람대로 서서히 무너져 내렸다. 그러나 쿨타임은 오래가지 않았다. 삼촌의 킬러 본능이 다시 작동하기 시작했다.

"너 이 새끼! 소민혜한테 무슨 짓을 한 거야?"

정본이 삼촌의 등허리를 걷어찼다.

"기절시킨 것뿐이야. 삼두가 끊어지긴 했겠지만 3개월이면 붙어. 바쁘니까 방해하지 마."

바디캠을 꼼꼼히 돌려본 결과, 삼촌은 정신이 반쯤 나가 있는 것 같았다. 그는 마치 나를 옆에 세워두고 가르치듯 혼잣말을 했다.

"도어 브리칭을 시작할 거야. 배터링 램이나 슬레지 해머가 있으면 좋은데 구할 시간이 없어. 대신 강철 선반을 이용할 거야. 물건을 내리고 선반을 넘어뜨린 뒤에 모서리 부분을 활용하는 거지."

삼촌은 선반 모서리에 총알 한 발을 쏴 잘라내고 냉장고 앞에 섰다. 그러고는 정본의 데저트 이글을 가져와 벽과 냉장고 사이 공간을 몇 발 사격한 뒤 잘린 강철 선반 절단면을 밀어넣고 지렛대처럼 젖혔다. 벽에 옹이처럼 박힌 냉장고는 좀처럼 뽑혀 나오지 않았다.

"원래 한 번에 되면 그게 기적인 거야. 그래서 될 때까지 해보는 거지. 난 대체로 운이 나빴지만 실패를 잘 견디는 체질이거든. 아마 너도 그럴 거야."

데저트 이글을 발사하고 선반을 젖히는 동작이 반복되었다. 삼촌은 빠드득, 소리가 날 때까지 어금니를 꽉 깨물고 지렛대에 체중을 실었다. 삼촌의 운동화 위로 시멘트 가루가 부슬부슬 쏟아졌다. 그러나 냉장고는 뽑혀 나올 기미가 보이지 않았다. 약속한 4시 정각이 이제 막 지나고 있을 시간이었다.

"삼촌, 냉장고 문 좀 열어봐."

삼촌이 다시 데저트 이글을 손에 쥐었을 때 냉장고 안에서 웅얼거리는 목소리가 들렸다. 그가 권총을 집어던지고 냉장고 문을 열었다. 피와 땀으로 쫄딱 젖은 내가 기신기신 민혜를 밀어내고 기어 나왔다.

"안에선 암만 밀어도 안 열려. 냉장고에 갇히면 죽는단 얘기가 도시 전설이 아니네."

내가 빠져 나온 구멍으로 삼촌이 고개를 들이밀었다. 등허리를 타고 올라간 삼촌의 하와이안 셔츠를 끄집어 내렸다. 그가 본 광경은 처참할 터였다.

"맙소사!"

삼촌이 냉장고 문을 닫았다.

방금 전 나는 총 대신 새김칼로 알렉스를 죽였다.

은옥에게 배운 대로 팔꿈치가 휘거나 손목이 접히지 않게 바짝 힘을 주었다. 저항감 없이 칼끝은 섬유와 피부를 뚫고 들어갔다. 어딘가 걸리지 않는 걸 보면 빗장뼈를 피해 제대로 꽂힌 것이리라. 그 순간 내 목을 휘감고 있던 알렉스의 팔에 힘이 풀렸다. 잔잔한 숨소리를 들었으니 죽음이 임박했을 것이다. 나는 그녀를 밀어 넘어뜨린 뒤 한 번 더 체중을 실어 다이빙하듯 새김칼을 박아 넣고 반 바퀴 돌려 뽑았다.

그때 어디선가 삼촌의 목소리가 들리는 것 같았다. 문밖이 아니라, 몇 달 전 식탁에서 마주 앉았을 때 해준 말이었다.

"잘 들어, 정지안. 액션 영화 주인공들이 어떻게 살아남는지 기억해야 해. 그들은 적의 생명선이 길다는 걸 잊지 않아. 그래서 반드시 몸통에 두 발 그리고 머리에 한 발을 날리지. 그걸 우린 모잠비크 드릴이라고 불러. 사실 용어 같은 건 중요하지 않아. 앤 공주의 장미 정원이든 알렉산드라의 편의점이든…… 뭐든 상관없어. 그저 습관이 돼야 할 뿐이야."

그러고 보니 삼촌은 그때부터 알렉스의 편의점을 알고 있었던 모양이었다. 배우라고 가르쳐주었으니, 써먹을 순간이었다. 알렉스가 죽은 생선처럼 부윰한 눈으로 나를 바라보았다.

"성공했네?"

그녀가 입으로 울컥 피를 쏟아내며 웃었다.

"악당은 생명선이 길다며?"

나는 알렉스의 손을 벌려 권총을 도로 빼앗았다. 정말 삼촌의 말대로 그녀의 생명선은 손목을 휘감을 정도로 길고 짙었다.

"그래서 꼭 확인 사살하는 습관을 만들려고."

알렉스는 광인처럼 웃으며 최후를 맞이했다. 나는 그녀의 몸통을 향해 두 발 그리고 미간에 한 발의 총알을 날리고 돌아섰다. 삼촌을 맞이한 광경은 형광 보랏빛 조명 아래 피와 뇌수가 빠져나간 한 짐승의 사체일 터였다.

*

브라더는 성실하게 약속을 이행했다. 우리가 창고를 벗어나 매장으로 나왔을 때, 미남은 양쪽 가슴에 한 발씩 마치 젖꼭지 같은 총알 구멍이 나 사망했다. 삼촌이 창고로 들어간 지 정확히 10분 만에 벌어진 일이었고, 이제 막 추가 5분이 지나 M67를 투하할 셈이었다.

"뭐 하냐? 안전핀도 안 뽑고."

삼촌이 얼빠진 브라더의 손에서 M67을 거두어갔다. 살아 돌아온 나와 삼촌 그리고 민혜를 본 브라더는 아이처럼 두 발을 굴렀다.

"지안 씨, 총 맞았구나? 어쩜 좋아! 켈로이드 체질이라 흉 남을 텐데."

치명상은 면했지만, 출혈이 멎지 않았다. 옆구리에서 쏟아진 피가 청바지를 타고 흘러 바닥에 점점이 떨어졌다.

"조금 다쳤는데, 빨간약 바르고 이틀이면 나을 정도야. 브라더, 옐로코드 불러서 지안이 치료받게 해줘."

나를 돌아본 삼촌의 시선이 흔들렸다. 내 뒤에 선 민혜 탓이었다. 이미 한쪽 팔에 총상을 입고 새로운 총상까지 보태진 그녀의 상태는 심각했다. 삼촌은 자신의 시선이 민혜에게 닿을라 재빨리 고개를 돌렸다.

"코드네임 브라더. 편의점 내부에 그린코드 정지안, 레드코드 소민혜 총상 환자 발생. 그린코드 사출구 확인됐고, 레드코드는 맹관총상으로 보인다. 복부와 우측……."

브라더가 옐로코드에게 환부를 설명하는 도중 삼촌이

핸드폰을 가로챘다.

"부상자는 그린코드 한 명뿐이다. 최소 인력이면 된다."

무뚝뚝한 한마디를 끝으로 삼촌은 전화를 끊었다.

"삼촌, 왜 그래? 언니 상태가 더 심각하잖아."

무거운 기류가 삼촌과 민혜 사이에 흘렀다. 누구에게도 다정하지 않지만, 매정한 적도 없는 삼촌이 그녀를 세상에 없는 취급했다.

"그런 말 하는 걸 보니…… 정지안, 넌 아직 멀었어."

"알아듣게 얘길 해. 뭐가 멀었다는 건데? 아까 언니가 삼촌한테 총 쏜 게 그렇게 분했어? 그래서 치료도 안 해주고 눈도 안 마주치는 거냐고. 여태 한솥밥 먹은 시간 생각하면 쿨하게 잊어줄 수 있잖아."

브라더가 나를 향해 조용히 엄지를 치켜세웠다. 삼촌이 브라더의 엄지를 움켜쥐고 비틀었다.

"아무도 내 말에 토 달지 마, 특히 정지안. 계속 떠들면 신경 패치 붙일 거야. 브라더 너도 마찬가지야. 오늘은 말 대신 내가 시키는 행동만 해. 김정본 서버에 터미널 열어놨으니까 저쪽 킬러맵 깨끗이 포맷하고 방화벽 세워."

삼촌의 말에 브라더가 눈을 홉뜨고 두 손으로 입을 가렸다. 터미널을 열었다는 건 정본의 서버에 원격 접속할 수 있는 프로그램을 설치했다는 의미였다. 브라더의 반응으로 봐 그조차도 몰랐던 모양이었다. 언제든 정본의 서버를 건드릴 수 있었으면서 삼촌은 왜 지금까지 두 개의 킬러맵이 운용되도록 내버려둔 걸까.

"정진만, 이 뱀 같은 새끼! 너 내가 해킹하기 바라면서 서버를 열어둔 거지? 바빌론한테 함락되면 머더헬프 서버를 포맷할 생각이었구나."

정본이 삼촌을 향해 주먹을 날렸다. 싸움에 이골이 난 삼촌은 가볍게 상체를 틀어 정본의 스트레이트 펀치를 피했다. 헛손질을 한 정본이 바닥으로 엎어졌다.

"네 말이 맞아. 전부 계산된 일이었어. 일부러 방화벽을 해제하고, 진실과 거짓이 섞인 정보를 네게 제공했지. 넌 머더헬프의 백업 서버였어. 만에 하나 우리가 바빌론에게 괴멸당하는 순간이 오면, 빈손으로 도망치더라도 다시 시작할 발판 같은 거였지. 이제 쓸모없어졌지만."

정본이 악에 받쳐 씨근덕거리며 나를 바라보았다.

"정지안…… 저놈, 네 삼촌이라는 작자가 너한테 가짜 정보를 흘린 건 아니니? 정진만은 김미남이 바빌론의 하수인인 걸 알고 있었어. 그래놓곤 시치미를 딱 잡아뗀 거야. 왜겠어? 널 경영권에서 배제시켜야 하니까. 정진만은 나한테 가공한 김미남 정보를 흘리게 지시했지. 야욕에 미친 놈은 네 삼촌이야. 조카와 동무를 배신한 건 정진만이란 말이다."

정본이 의도한 만큼 충격적 진실은 아니었다. 삼촌은 나를 속였고, 나도 그를 속였으니 억울할 일도 아니었다. 배신이라는 결과는 조금만 고민하면 쉽게 추론할 수 있는 삼촌, 아니 우리 가족의 음험한 특성이었다. 이제 어렴풋이 알 것 같았다. 마치 한 가족 안에게만 통하는 농담처럼, 우리는 서로의 배신을 담담하게 받아들일 수 있는 사람들이었다. 더구나 서로의 배신 덕에 목숨을 구했으니 경사라고 할 수도 있었다.

삼촌은 정본에게 가짜 여권 정보를 넘기고, 의심받지 않기 위해 거액의 사례를 했을 터였다. 그때 우리가 알렉스 이야기만 꺼내지 않았다면, 수스에 내 살해 게시물이 올라오지 않았다면 상황은 삼촌의 계획대로 흘러갔을지도 몰랐다. 내가 없는 사이 삼촌은 미남을 죽였을 거고, 그 순간 기폭 장치가 활성화되어 VX 중독으로 전원이 사망했을 터였다.

"김정본…… 배신의 의미를 잘못 알고 있구나. 넌 대문이 열려 있다고 친구의 집을 털어먹은 도둑놈이야."

쓸모가 있든 없든, 삼촌의 시나리오에서 정본은 결말에 죽는 캐릭터였다. 그걸 직감했는지 정본은 주저앉은 자리에서 일어나지 않았다. 민혜가 비틀비틀 걸어와 삼촌의 티

셔츠 뒷자락을 건드렸다.

"마지막이네요."

민혜의 목소리가 꺼져들었다. 영원히 헤어질 사람처럼 두 사람의 시선이 애처롭게 교차했다.

"그래. 여기서 헤어질 거야. 난 예상했던 결말이야."

삼촌의 시선이 바닥에 던져 놓은 민혜의 백팩으로 향했다. 백팩 지퍼가 터지며 안에 든 인형과 포켓 앨범 그리고 삼촌과 주고받았던 엽서가 밀려나와 있었다.

"미안했어요."

민혜의 사과에 삼촌은 대꾸 없이 걸음을 옮겼다. 그는 편의점 문을 몸으로 밀어 열었다.

삼촌이 편의점 앞 데크로 나가자, 살아남은 아군들이 모자나 헬멧, 마스크를 벗고 인사를 했다. 수십 쌍의 눈동자가 삼촌을 집요하게 바라보았다. 그가 손바닥으로 가슴을 짚고 심호흡을 한 뒤 입을 열었다.

"지금 이 시간부로 머더헬프는 소민혜와의 계약을 종료한다. 우리가 제공한 자원과 인력, 동맹 관계는 철회되며, 서버의 접근 권한도 박탈한다. 또한 그린, 레드, 퍼플, 옐로 외에 블리치코드를 추가하여 바빌론의 부역자로 분류하고 처형한다. 이 규칙을 위반한 자 역시 블리치코드로 강등된다."

여기저기에서 호응의 박수가 터져 나왔다.

"지안 씨…… 형님이 지금 한 말 무슨 뜻이에요? 처형이라고 하지 않았어요?"

브라더의 어깨가 바람 앞 여린 잎처럼 탈락거렸다.

"아무래도 민혜 언니가 바빌론의 부역자였나 봐요."

가슴이 뻐근했다. 이리저리 머리를 굴려도 그렇게밖에 해석할 수 없었다. 분명 어딘가에 실마리가 있을 터였다. 다급한 나머지 허투루 지나친 순간들을 복기했다. 욱씬욱씬 머리가 아팠다.

"다마스에 다복떡집이라고 적혀 있던데, 알아보니 그 가게는 4년 전 폐업했어요. 배달 앱에서만 검색되고 후기는 단 한 개도 없죠. 반공정신이 투철한 전직 군인이 시골길 트럭 안에서 탱크를 봤다면 분명 신고했을 거예요. 떡값보다 간첩 신고 포상금이 더 달달하지 않겠어요?"

긴 부재에도 불구하고 민혜는 너무 많은 것을 알고 있었다. 그녀가 지적한 것 중 가장 큰 허점은 다마스에 적혀 있다는 다복떡집 상호였다. 지금 편의점 밖에 주차된 흰색 다마스 어디에도 상호는 붙어 있지 않았다.

"남의 뒤통수 안 치고 성공한 사람이 있을까. 그냥…… 실력만 믿자."

삼촌의 만류에도 나를 따라나선 민혜는 이미 복선을 깔

았다.

"진만 씨도 어쩌지 못하는 존재. 김정본, 찾아온 김에 뭐 하나 묻자. 알렉스가 누구야?"

그녀가 정본에게 했던 질문은 마치 내가 들어주길 바란 것처럼 연극적이기까지 했다.

"총 내려놔. 사정거리에서 실수하면 죽는 거야."

77번에게 공격당할 때도 민혜는 내게 총을 내려놓으라고 했다. 가장 파괴적이고 효과적인 무기를 쓰지 못하게 한 건 아마도 77번과의 은밀한 약속 때문일지 몰랐다.

"여기가 던전 입구라는 얘기지. 저들이 뭘 원하는지 접근해보자."

77번과 충분히 가까운 거리에서 싸웠을 텐데 팔만 스치듯 다친 것도, 삼촌보다 먼저 나를 발견해 편의점으로 끌고 온 것도 수상쩍었다.

"네……. 사장님."

결정적인 건, 콘도덴드론이 가득 핀 쪽방에서 알렉스의 명령에 대답한 순간이었다. 그건 환청이나 최면이 아니었다. 복종이었다.

돈 때문일까. 아니면 아무리 두드려도 열리지 않는 마음에 대한 원망일까. 왜 그녀가 바빌론과 손잡았는지 알 길이 없었다. 펑크 난 바퀴처럼 퍼더앉은 민혜를 바라봤다.

이미 그녀의 눈동자에선 생기가 사라졌다. 정본이 악에 받쳐 소리쳤다. 그는 핏줄 솟아난 단단한 팔로 민혜를 부둥켜안고 나를 죽일 듯 노려보았다. 눈에 익은 레드코드 네 명이 편의점 안으로 진입했다. 자동소총을 든 두 명이 민혜와 정본에게 각각 총구를 들이댔다.

"어떻게…… 어떻게…… 누나가 형님을 배신해요? 둘이 행복할 수도 있었잖아요. 가족처럼 살 수도 있었잖아요!"

덜덜 떨고 있던 브라더가 민혜를 향해 목청을 돋웠다. 머더헬프닷컴 일원 중 유일하게 민혜와 농담을 나누고 안부를 물을 수 있었던 그가 통한의 눈물을 쏟아냈다. 배신이라는 말에는 한때의 깊은 신뢰가 전제된다. 하지만 이 바닥에서 실력 외에 믿을 건 없었다. 모두가 붉고도 푸르렀고, 퍼플코드의 일원이었다.

"브라더, 우리도 가죠."

나는 진절머리 나는 편의점을 나섰다. 브라더가 괴성을 지르며 내 뒤를 따랐다. 이윽고 여섯 발의 총성이 들렸다. 두 명 분의 모잠비크 드릴이었다.

*

구급차 안에서 짧은 꿈을 꾸었다. 역시나 해변이었다.

평소와 달리 다나와 내가 누운 해변이 사람들로 가득했다. 하와이안 셔츠를 입은 대머리 남자, 점프수트를 입은 덩치, 진짜 경찰이지만 가짜처럼 보이는 중년, 선글라스를 쓴 77번과 아이스크림을 먹는 여섯 명의 청년들 그리고 칵테일 잔을 든 정본도 보였다. 다나가 나를 향해 돌아눕자 사스락, 건조한 모래 소리가 났다.

"자기 제삿날을 기념하나봐. 다들."

다나가 웃었다. 좋은 날엔 노래가 빠질 수 없었다.

"노래해 줘, 다나."

"난 다나가 아닌걸."

"그래도 다나라고 부르면 안 돼?"

다나는 코로 힝힝 소리를 내며 웃었다.

"오, 다나. 오, 다나. 오, 다나, 오 다나. 아 헤더 걸 다나 워스 허 네임."

그녀가 노래하자 사람들이 춤을 췄다. 성별과 상관없이 한쌍씩 마주 서 손을 잡고, 느릿느릿 발을 맞추었다. 그 모습이 너무 보기 좋아, 해변에 살고 싶어졌다. 그러자 다나가 노래를 멈췄다.

"정지안, 다시는 이 해변에 오지 마."

다나가 모래를 털고 일어나 앉았다. 춤추던 사람들이 모두 움직임을 멈추고 나를 바라봤다.

"왜? 난 너랑 여기 있는 게 좋아."

"여기 있는 모든 사람이 네 삼촌에게 죽었단 걸 잊지 마."

다나가 쓸쓸한 표정으로 나를 한 번 바라보고 바다로 향했다. 웃으며 노래하던 사람들이 섬뜩한 표정으로 나를 노려보았다. 좀비로 변한 이들이 내 살점을 베어 먹기 위해 달려들었다. 나는 멀어져가는 다나의 등을 바라보다 해변에서 쫓겨났다. 모래밭을 달리며 나는 그녀가 부르다 만 노래를 불렀다. 오, 다나. 오 다나. 당신은 어디 있나요. 멈춰 서니, 황량한 쇼핑몰 앞이었다.

*

허무하게도 VX는 불발이었다. 바빌론의 군대 50여 명이 머더헬프를 덮쳤지만 그들은 문짝 하나 떼어내지 못했다. 모든 게 삼촌의 셔먼 파이어플라이 덕분이었다. 토요일 아침, 잉잉의 트럭이 오솔길을 가로막고 있던 건 사고가 아니었다.

삼촌은 냉정하게 자신의 상황을 직시했다. 바빌론보다 많은 무기를 가졌지만 그걸 사용할 수 있는 사람은 고작해야 자신과 브라더, 잉잉 정도였다. 재수 없게 VX 가스라도 흡입하면 그마저도 불가능할 터였다. 삼촌은 디데이를 맞아 잉잉에게 탱크 운반을 맡겼고, 급습에 맞춰 가동을 시작했다. 드론 킬러로 바빌론의 눈을 막고, 부비트랩을 터트렸다. 아무리 날고 기는 용병 부대라 해도 끽해야 기관단총이 전부인데 탱크를 이겨낼 리 만무했다. 옐로코드가 시신을 처리하는 데만 사흘이 걸릴 정도였다.

삼촌은 골방에 틀어박혔다. 이따금 유리 돔에 고이 모셔둔 셔먼 파이어플라이를 보러 나오긴 했지만 그리 흐뭇해 보이진 않았다. 나와 브라더는 삼촌이 좋아하는 꼬북칩과 우유를 방문 앞에 놓아주었다. 이튿날도 그 이튿날도 양이 줄지 않는 걸 보면, 이번 일이 삼촌에겐 일생 최대의 시련인 것 같았다.

그사이 나와 브라더는 바빌론에 소소한 복수를 했다. 갑갑한 창고를 벗어나 브라더와 드라이브를 했다. 면허를 따고 첫 운전이었다.

"지안 씨 대단하다. 어쩜 내비도 안 찍고 운전을 이렇게 잘해요?"

브라더가 2000년대 가요를 틀어놓고 흥을 냈다.

"그냥 목적 없이 가보는 거죠. 우리 지금 이천 온 거 알아요? 쌀밥 먹으러 갈래요?"

"밥 말고 커피 마시러 가요. 저도 감성 카페 한번 가보고 싶었거든요."

주차장이 널찍한 곳을 찾다 보니 미제레레 커피가 눈에 들어왔다. 쇼핑몰 창고가 세상 전부였던 이 작고 순진한 남자가 어린아이처럼 카페로 뛰어 들어갔다.

"지안 씨, 내가 살게요. 뭐든 시켜요. 시나몬 라테는 계피맛 밀크 커피죠? 그건 어른 맛이니까 전 달고나 라테. 아니다, 체리 스무디랑 크루아상 먹을게요. 아…… 에이드도 안 먹어봤는데."

결국 브라더는 넉 잔의 음료와 다섯 종류의 쿠키를 사 들고 자리를 잡았다. 한껏 들뜬 와중에도 노트북을 챙겨온 그가 모니터를 열었다.

"행복해."

부팅이 되는 동안 쿠키를 한 입 베어 문 그가 만족의 미소를 지었다. 나도 커피 잔을 끌어당겨 빨대를 휘적거려 보았다. 미남이 내 커피에 소형 GPS를 넣은 다음부터, 음료수를 마실 때마다 꼼꼼히 휘저어보는 습관이 생겼다.

"DB 접근했어요?"

우리가 집에서 멀리 떨어진 다중이용시설을 찾은 건 수스앱 해킹 때문이었다.

"이거 봐요, 지안 씨. 가입자가 이렇게나 많다니까요?"

브라더가 액셀로 정리된 데이터베이스를 내게 보여주었다. 무려 1만 4천 명이 넘는 회원 정보였다.

"재미로 가입한 사람도 있겠죠. 그렇다고 해도 너무 많네. 신상 털리는 거 안 무섭나?"

"신상도 신상이지만 행동에는 책임이 따른다는 걸 가르쳐줘야죠."

우리가 준비한 소소한 복수는 이랬다.

바빌론 아시아 지부가 무너진 틈을 타 수스앱을 해킹한 뒤 사이트의 정체성을 바꿔버리는 거였다. 습관처럼 수스앱에 접속한 이용자들은 두 눈을 의심하게 된다. SUS가 하루아침에 소아성애자 사이트 SugardaddyNmom.com이라는 사이트로 바뀌었을 테니까. 또 지금 이 시간을 기점으로 그들의 전자지갑에선 가입비 99.9달러가 빠져나갔을 것이고, 마지막 가장 강력한 한 방은 FBI가 공개수사에 나선 이후가 될 터였다.

"이 사람들 다 처벌받을까요?"

브라더는 회원들의 이메일로 불법 촬영 동영상을 전송한 뒤 노트북을 닫았다.

"아마 그렇지 않을까요? 증거가 너무 빼박이니까. 바빌론이야 손절해버릴 테고."

"그런 생각이 들어요. 우리도 나쁜 놈인데 나쁜 놈을 벌준다는 게 과연 잘하는 짓일까. 앙심만 키우는 거 같고, 위선자 같고."

브라더는 평범하게 살고 싶은 눈치였다. 한강이 보이는 아파트에서 아내와 아이를 두고, 매달 4대보험료를 뗀 급여를 받는 평온한 삶이 목표일지 몰랐다. 형제를 잃고 홀로 남아 그의 전철을 밟으며 사는 속내가 편할 리 없었다.

“그래도 속은 시원하잖아요. 브라더, 이제 출퇴근하는 거 어때요? 저 자취방 정리하고 쇼핑몰로 들어올까 하는데, 작업실 써도 되죠?”

내 제안에 브라더가 히죽 웃었다.

“저야 좋죠. 근데 형님이 허락을 하려나 모르겠어요.”

“삼촌이 저 이기는 거 봤어요? 허락 받아줄게요. 백두혈통이니까.”

나는 의기양양하게 삼촌 번호로 전화를 걸었다. 브라더가 기대 가득한 얼굴로 통화를 기다렸다. 열두 번의 신호가 갔지만 삼촌은 받지 않았다.

“안 받아요? 아직 주무시나? 아닌데, 이 시간이면 일어나셨을 텐데.”

브라더의 어깨가 축 늘어졌다.

“광장공포증에 우울증에 점점 더 애먹인다니까. 정신과 약은 대리 처방 안 되겠죠? 하, 문제야. 우리 삼촌.”

나는 부러 과장되게 인상을 구기고 의자에서 일어섰다. 아직 마실 음료가 많았지만 브라더도 따라 일어섰다. 태양이 아직 뜨거운 시간이었고, 우린 조심조심 차양을 따라 걸으며 낯선 도시의 공기를 맡았다. 이제야 확실히 알 것 같았다. 삼촌의 광장공포증은 어두운 곳, 습한 곳, 사람들의 발이 닿지 않는 곳만 골라 다닌 결과였다. 부와 명성을 쥐었지만, 이 일을 하는 한 볕 아래 떳떳이 서기 힘들었다. 브라더가 한 발, 그늘 밖을 벗어났다.

"견딜 만해요, 햇볕?"

내 물음에 그가 빙그레 미소 지었다.

"지킬 만해요, 그늘?"

그의 대답에 나는 웃을 수 없었다.

*

우리가 감성 카페에서 소소한 복수를 하는 동안, 삼촌은 자신의 방 간이침대에 반듯하게 누워 있었다. 마른버짐과 지저분한 수염으로 덮인 그의 몰골은 가히 못 봐줄 지경이었다. 그는 누군가와 짧은 통화를 마친 뒤 방 안을 이리저리 걸어 다녔다. 한참이나 초조하게 서성거리던 그는 매트리스 아래에서 글록을 꺼냈다. 그러고는 CCTV 카메라를 응시하며 천천히 다가섰다.

"정지안, 이제부터 쇼핑몰은 네가 맡아라. 네가 머더헬프의 우두머리야. 모든 답은 우리 과거에 있다는 것만 기억해."

탄창을 확인한 그가 바닥에 떨어진 양말 한 짝을 주워 CCTV를 가렸다. 부스럭거리는 소리, 훅훅 숨 내뱉는 소리 그리고 통   여운이 긴 총성 한 발이 남았다.

작가의 말

『살인자의 쇼핑몰』을 끝내고 후속작을 쓰기까지 3년이 흘렀다. 계획대로라면 지금쯤 3권까지 나왔을 테지만, 한동안 나는 소설에 태만했다. 웹툰 대본을 쓰고, 어쭙잖게 누군가에게 읽고 쓰는 법을 가르치는 일에 열을 올렸다. 그러는 사이 『살인자의 쇼핑몰』 드라마 제작 소식을 듣게 되었다. 삼촌 정진만을 이동욱 배우가 연기한다는 얘기를 전해 들었다. 놀랍고도 기뻤다.

배우는 기억하지 못하겠지만 나는 오래전 그가 전속 계약한 소속사 말단이었다. 그의 첫 오디션 현장에 관계자로 끼어 있었다. 키가 크고 피부가 흰 청년은 다른 배우 지망생과 결이 조금 달랐다. 조용했고 수줍어하며 호명을 기다렸다. 다른 참가자들이 춤이나 노래로 흥을 돋울 때, 배우는 잠깐 망설이다 유도 시범을 보였다. 심사위원들은 엉뚱하다며 웃었지만, 단출하고도 기품 있는 장기였다. 그는 대상을 수상했다. 그리고 연립방정식처럼 배우와 나는 잠시 교점을 두고 멀어졌다 새로운 그래프에서 다시 만났다.

『살인자의 쇼핑몰 2』를 쓰는 내내 나는 배우의 얼굴을 지우느라 애먹었다. 내 세계관 속 정진만은 대머리에 배 나온 중년 남자였고, 그 설정이 전편을 읽은 독자와 내가 맺은 약속이니 충실할 수밖에 없었다. 마감을 코앞에 두고 설정이 막혔을 땐, 왜 하고많은 장르 중 킬러들의 세계에 발을 디뎠나 후회하기도 했다. 하지만 빠져 나오긴 너무 늦었다. 기왕 들어온 무저갱이니 난장을 즐기기로 마음을 고쳐먹었다. 어둠에 눈이 익으면 사위가 구분되듯, 생각을 바꾼 지 한참 지나자 길이 보이기 시작했다.

탈고를 하고 비로소 〈킬러들의 쇼핑몰〉 대본을 읽었다.

이번에도 나는 관계자석에 조용히 끼어 앉아 배우의 성장 과정을 지켜볼 수 있게 되었다. 그는 단출하고도 기품 있게 배역을 소화할 것이고, 나 역시 부지런히 작업해 내년엔 후속작을 출간할 계획이다. 새로운 그래프에선 더 많은 직선들과 교차하길 바라며 묵묵히, 꾸준히.

2023년 여름 무렵

강지영

살인자의 쇼핑몰 2

초판 1쇄 발행일 2023년 7월 28일
초판 4쇄 발행일 2025년 10월 10일

지은이 강지영
펴낸이 정은영
편집 전유진
디자인 이선희
마케팅 최금순 이언영 연병선
제작 홍동근

펴낸곳 (주)자음과모음
출판등록 2001년 11월 28일 제2001-000259호
주소 10881 경기도 파주시 회동길 325-20
전화 편집부 (02)324-2347 경영지원부 (02)325-6047
팩스 편집부 (02)324-2348 경영지원부 (02)2648-1311
이메일 munhak@jamobook.com

ISBN 978-89-544-4929-8 (03810)